KB263076

ROME

사진으로 보는 로마

로마제국의 숨결이 느껴지는 것 같아!

1〉**콜로세움** 로마의 상징으로, 고대 로마의 유적 중에서 가장 규모가 큰 원형 경기장. 80년에 세워졌다.

2〉**포룸 로마눔의 흔적** 로마 최초의 포룸인 포룸 로마눔은 몇 세기 동안이나 존속했다. 신전이자 집회소, 행정·정치적 시설, 상점 등에 둘러싸여 있다가 다른 곳에 상업 광장이 생겨나면서 포룸은 차츰 신성한 장소가 되었다.

3〉**성 천사의 성** 590년 당시 로마 시에 번졌던 페스트 병이 물러갈 것임을 예언하는 천사가 이 성에 나타났었다는 전설로 인해 이름붙여졌다, 현재는 국립군인박물관과 예술박물관으로 쓰이고 있다.

4〉**카타콤베** 로마로부터 박해를 받던 초기 기독교인들의 지하 무덤.

5〉**콘스탄티누스 황제의 개선문** 콘스탄티누스 황제가 312년 전쟁의 승리를 기념하기 위하여 세운 것이다.

6〉**아피아 가도** 인류 역사상 최초의 도로인 고대 로마의 국도(國道). 전체 길이 540km.

7〉**판테온 신전** B.C. 27년 올림포스의 신들에게 제사를 지내기 위해 아그리파가 만들었다. 고대 로마 유적 중에서 가장 잘 보존된 신전.

8〉**대전차경기장** 로마에 있던 경마장 중 가장 큰 규모로 20만 명의 관중을 수용할 수 있었다.

9〉**베스타 신전** 국가의 상징인 '신의 불'을 보관한 이 신전은 반지름 15cm 정도의 원통형 대리석 건물로 원뿔형 천장의 중앙부는 연기가 빠져나가도록 뚫려 있다.

10〉**캄피돌리오 광장** 초기 로마 장군들은 승전을 경축하기 위해 적군 포로들을 이 광장의 언덕 위로 끌고 올라갔다.

11〉**포르타 마죠레 성벽** 상수도 시설이 유

사진으로 보는 로마 유물들
고대 로마 시민들은 어떻게 살았을까?

12) **로물루스 조각상** BC 753년에 로마를 건설한 전설 속의 초대 왕. 쌍둥이 형 레무스와 함께 늑대의 젖을 먹고 자랐다고 한다.

13) **등가방** 로마 병사는 등에 배낭과 먹을 것, 포도주나 물을 담는 가죽병, 냄비와 그릇, 모직 외투, 풀을 베는 도끼, 도랑을 파는 곡괭이 등 엄청난 짐을 짊어지고 다녔다.

14) **폼페이의 흔적** 79년 8월 24일 베수비오 화산의 대폭발로 폼페이 사람들은 순식간에 화석이 되어 버렸다.

15) **카라칼라의 목욕탕** 216년 카라칼라 황제가 만든 것으로 1,600명이 동시에 목욕할 수 있는 공중목욕탕.

16) **뼈로 만든 컵** 당시 로마 병정의 모습이 정교하게 새겨져 있다.

17) **공중화장실** 함께 앉아서 볼일을 보면 아래 배수로를 통해 하수관으로 흘러 나간다. 옆에 항아리에는 긴 꼬챙이가 있는데 그 한쪽 끝에 스펀지가 달려 있어서 볼일 보고 나서 그걸 휴지 대용으로 썼다.

18) **디아나(아르테미스) 여신** 달의 여신, 사냥의 여신, 출산의 여신으로 주로 서민과 노예의 숭배 대상이 되었다.

이탈리아에 가면 꼬옥 여길 가보라구!

19〉 **베네치아의 곤돌라** 세계에서 가장 아름다운 도시 베네치아. 곤돌라는 미로 같은 이 도시에 딱 맞는 교통수단이었다.

20〉 **토스카나의 전경** 피렌체 부근에 있는 포도 재배 지역으로 이탈리아에서 가장 유명한 와인인 키안티가 생산된다.

21〉 **피사의 사탑** 이탈리아 중서부에 위치한 피사 대성당의 종탑으로 1350년 건축 당시부터 1년에 1mm씩 기울어져 무려 5m나 기울어졌다.

22〉 **패션의 도시 밀라노의 두오모** 세계에서 두 번째로 큰 성당으로 이탈리아 고딕 건축의 정수이다. '두오모(Duomo)'란 대성당이라는 뜻이다.

23〉 **산타마리아 델 피오레 대성당 돔** 꽃의 성당이라 불리는 이곳은 대리석의 색깔이 화려하고 아름다워 마치 사람이 물감으로 그린 것처럼 보인다.

24〉 **베로나** '로미오와 줄리엣'의 거리가 있는 이곳은 알프스에서 시작된 아디제 강이 S자형으로 흐르는 아름다운 도시이다.

25〉 **나폴리** 세계 3대 미항 중 하나이자 이탈리아 남부 최대의 도시로 피자의 본고장이기도 하다.

사진으로 보는 로마의 현재
로마제국의 후예들은 지금 어떤 모습일까?

26〉 **트래비 분수** 로마제국 시절 잘 만들어놓은 상수도 시설로 인해 이탈리아에는 분수가 많다. 이곳에 동전을 던지면 다시 로마에 올 수 있다는 전설이 있다.

27〉 **스페인 광장** 로마에서 가장 많은 인파가 모이는 이 광장은 영화 '로마의 휴일'로 더욱 유명해졌다.

28〉 **진실의 입** 베스타 신전 입구에 있다. 강의 신 홀로비오의 얼굴을 조각한 대리석 상으로서 거짓말을 한 사람이 입에 손을 넣을 때 그 손을 자른다는 전설을 간직하고 있다.

29〉 **피자** 이탈리아 사람들이 즐겨 먹는 피자. 다양한 모양과 토핑의 피자들이 먹음직스럽다.

30〉 **로마 경찰**

31〉 **노천 카페** 1647년 이탈리아의 베네치아 산 마르 코 광장에 유럽 최초의 카페가 문을 열었다.

32〉 **로마의 교통 표지판**

33〉 **이탈리아의 좁고 어두운 골목. 코르소 길** 사육제가 벌어졌던 이곳은 1200년부터 유대인들이 헝겊으로 사타구니만 가린 채 달리기 시합을 해야 했던 비극의 장소이기도 하다.

34〉 **베드로 광장 전경** 성 베드로 교회 쿠폴라에서 내려다본 모습. 교회의 보편성을 건축으로 표현한 잔로렌쪼 베르니니의 걸작이다.

35〉 **종교적 성물** 카톨릭 국가인 이탈리아에선 건물에 붙어 있는 이런 성물을 쉽게 볼 수 있다.

36〉 **거리의 잡화점**

37〉 **거리의 꽃가게**

38〉 **성모 마리아 조각상으로 분장을 한 거리의 예술가**

39〉 **팔리오 축제** 시에나에서 열리는 축제인 팔리오는 이탈리아에서 가장 열광적이고 화려하다. 시청 광장을 도는 말 경주로, 경주 전 화려한 중세 복장의 행렬과 의식이 볼거리!

노빈손의
좌충우돌 로마 오디세이

노빈손의 좌충우돌 로마 오디세이

초판 1쇄 펴냄 2004년 9월 13일
　　22쇄 펴냄 2019년 3월 18일

지은이 한희정 강영숙
일러스트 이우일
펴낸이 고영은 박미숙

펴낸곳 뜨인돌출판(주) | 출판등록 1994.10.11.(제406-251002011000185호)
주소 10881 경기도 파주시 회동길 337-9
홈페이지 www.ddstone.com | 블로그 blog.naver.com/ddstone1994
페이스북 www.facebook.com/ddstone1994 | 노빈손 www.nobinson.com
대표전화 02-337-5252 | 팩스 031-947-5868

ⓒ 2004 한희정, 강영숙, 이우일
'노빈손'은 뜨인돌출판(주)의 등록상표입니다.

ISBN 978-89-5807-192-1 03810

이 도서의 국립중앙도서관 출판예정도서 목록(CIP)은 서지정보유통지원시스템
홈페이지(http://seoji.nl.go.kr)와 국가자료종합목록시스템(http://seoji.nl.go.kr/kolisnet)에서
이용하실 수 있습니다. (CIP제어번호 : CIP2010002551)

어린이제품안전특별법에 의한 제품표시
제조자명 뜨인돌 **제조국명** 대한민국 **사용연령** 만 8세 이상

노빈손의
좌충우돌 로마 오디세이

한희정 · 강영숙 지음 | 이우일 일러스트

뜨인돌

일찍이 호메로스는 노래했다. 지상은 만인의 것이라고.
로마는 시인의 이 꿈을 구현했다.

당신들 로마인은 산하에 들어온 모든 땅을 측량하고 기록했다.
그리고 그후에도 하천에는 다리를 놓고, 평지는 물론 산지에도 가도를 건설하여,
제국의 어느 지방에 살든 쉽게 왕래할 수 있도록 정비했다.
게다가 제국 전역의 안정을 위한 방위체제를 확립하고,
인종과 민족이 달라도 함께 살아가기 위한 법률을 정비했다.
이런 모든 일을 통하여 당신들 로마인은 로마 시민이 아닌 자들에게도
질서 있고 안정된 사회에 사는 것이 얼마나 중요한 것인가를 가르쳐 주었다.

A.D. 143. 그리스인 철학자 아리스티데스

앗, 노빈손이 위험하다!

이집트 왕국에서 산 채로 화형을 당할 뻔하고, 중국 진시황에게 잡혀 허리가 두 동강 날 뻔한 것도 모자라서, 이제 하나뿐인 목숨이 로마 황제의 엄지손가락에 달려 있다고?

엄지손가락이 위를 향하면 살려 주고, 아래를 향하면 죽음이 그를 기다리고 있다는데……. 과연 대 로마제국 황제의 엄지손가락은 어느 쪽을 가리킬까? 위 혹은 아래?

고대 로마의 콜로세움에 혼자 서서 서슬 퍼런 칼과 그물, 갑옷으로 무장한 검투사들을 상대해야만 하는 노빈손의 지금 심정은 어떨까. 모르긴 해도 아마 세계여행이고 뭐고 다 집어치우고 모든 게 다 꿈이었으면 하고 기도나 하고 있지 않을까?

모든 길은 로마로 통한다.

처음에 로마는 조그마한 도시국가로 출발하였으나, 적극적인 팽창 정책과 시민권 확대 정책을 취하여 이탈리아 반도를 통일하고 결국 거대한 제국으로 부상했어. 그리고 '모든 길은 로마로 통한다'고 할 만큼 영광과 번영을 누렸지.

현재의 유럽 문명, 보다 정확히 말하면 서구 문명은 고대 그리스 로마 문명에 빚을 지고 있다고 해도 과언이 아니야. 그리스 로마 문명은 이들 서구 유럽 문화를 탄생시킨 뿌리이자, 모태인 셈이거든.

세계 3대 종교 중 하나인 기독교는 유대교로부터 진화하여 로마제국의 품 안에서 세계적 종교로 성장하였고, 로마제국의 언어였던 라틴어와 라틴 문학이 현재 서구의 언어와 문학에 끼친 영향은 말로 다 설명할 수 없을 정도니 말이야.

여름에 신는 샌들 하나에서부터 현대 국가의 법률 구조에 이르기까지 상당수가 고대 로마에 기원을 둔 것이고 건축과 예술을 비롯하여 서구 문화의 중심축을 이루는 많은 요소들이 그 기원을 거슬러 올라가면 모두 고대 그리스 로마 세계로 귀결된다고 하니, 정말 놀랍지 않아?

"로마는 하루 아침에 이루어지지 않았다."

이 말을 모르는 친구는 없을 거야. 하지만 로마인들이 늑대의 후예라는 사실은 몰랐을걸?

베스타 여신을 모시던 여사제와 전쟁의 신 마르스 사이에서 태어난 쌍둥이 형제인 레무스와 로물루스는 기구한 운명으로 강에 버려지지만, 버려진 형제는 늑대의 젖을 먹고 자라게 되지. 이 형제가 바로 로마를 세운 레무스와 로물루스야.

후에 레무스와 로물루스는 서로 왕위를 차지하기 위해 전쟁을 벌였는데 결국 로물루스가 이겨서 새로 건설된 도시명을 자신의 이름을 따 로마라고 부르게 되었대.

뜻하지 않게 로마 한복판에 알몸으로(?) 던져진 노빈손은 바로 그 영광과 번영의 한복판에서 생생한 고대 로마인들의 삶을 현재 진행형으로 체험하게 돼. 때로는 황당하고 때로는 아찔한 그의 로마의 휴일 속으로, 여기 친구들에게도 그 생생한 초대장을 던질게!

2004년 8월 20일
한희정 · 강영숙

Special Thanks....
라틴어 문장 번역에 도움을 주신 이태리 제노바 대학교 고재준 선생님, 고재덕 선생님, 사진에 도움을 주신 이태리 문화원과 로마에 계신 김신영 님, 이한기 님 그리고 항상 작가들의 역마살(?) 때문에 고생하시는 뜨인돌 편집부 식구들께 깊이 감사드립니다.

빨간 사과 줄까, 파란 사과 줄까? 잘못된 선택을 한 탓으로 두고 두고 세 여신의 미움을 사게 되는 박복한 주인공. 세계 여행 프로젝트 사상 가장 험난한 여행의 서막이 오른다. 뚜둥~.

화려한 개인기, 현란한 무대 매너로 단숨에 검투사계의 다크호스로 등장한 인물. 단 한 번도 투구를 벗은 적이 없어 그의 외모에 대한 추측과 소문만 무성하다.

지치지 않는 예술 투혼. 예술을 향한 불타는 집념의 엑기스 스쿠알렌 덩어리. 본인은 만인의 심금을 울리는 목소리의 소유자라고 믿고 있지만 누구든 그의 목소리를 들으면 오금이 저려오는 고독한 아.티.스.트.

어려서부터 발육이 남달라 웬만한 남자들보다 허벅지가 더 굵은 근육질의 소녀. 암울한 유아기를 보낸 탓에 장마철 방바닥처럼 눅눅하기만 했던 그녀의 마음이 빈손 일행을 만나면서 서서히 그리고 따뜻하게 데워지는데…….

용감무쌍한 로마제국의 병사가 되고 싶은, 실제로는 비겁무쌍한 스파르타인 아낄레우스. 겁도 많고 소심하지만 동료들이 어려움에 빠졌을 때 자신을 희생할 줄 아는 멋진 사나이.

로마 최고의 통치자이자 권력자인 카이사로. 신들의 신뢰와 로마 시민의 사랑을 동시에 받고 있는 인물이지만, 이를 시기한 이들로 인해 곤경에 빠진다. 과연 그는 이 난국을 어떻게 헤쳐 나갈까?

대꼬챙이 같은 고지식함에, 길눈까지 어두워 본의 아니게 군사들의 피를 말리는 기구한 인물. 한니발 장군을 흠모해 코끼리 부대를 만들었으나, 서커스 단장으로 오해받기 일쑤다. 이번 여행에선 노빈손을 울렸다가 웃긴다는데, 과연 그 사연은……

로마 시민들의 인기를 끊임없이 갈구하는 질투의 화신, 원로원의 실세. 사람들을 자신의 편으로 만드는 재주가 뛰어나다. 그래서 어리숙한 원로원 의원들을 자신의 품 안으로 끌어들여 카이사로의 그늘에서 벗어나려는 음모를 시도하는데……

프롤로그

얼굴 없는 검투사

고대 로마, 기원전 44년.

콩나물시루처럼 사람들이 빼곡히 들어선 콜로세움에선 마른 흙먼지를 일으키며 맹수와 검투사 간의 숨 막히는 결투가 벌어지고 있었다. 터질 듯한 함성과 환호 속에 수만 관중의 시선은 단 한 명의 사나이에게 쏠려 있었다.

허연 이를 드러내며 사납게 으르렁거리는 사자와 맞붙어 싸우는 사나이. 그 얼굴 없는 검투사는 사자와 일정한 거리를 두고 원을 그렸다. 둘의 팽팽한 눈싸움이 이어졌다. 코 덮개와 볼 가리개로 가려진 투구 속 눈동자 사이에 굵은 땀방울이 흘러 목을 타고 떨어졌다.

검투사의 작은 몸놀림 하나에도 관중은 일제히 숨을 죽였다. 터져버릴 것 같은 긴장감이 정적 속에 비장하게 경기장에 내려앉았다.

헉— 헉—.

콜로세움엔 이제 검투사의 거친 숨소리와 으르렁거리는 사자의 울부짖음만이 울릴 뿐이었다. 헐떡거리며 숨을 몰아쉬던 사자의 눈에 지쳐가는 검투사의 목덜미가 살짝 드러나는 순간, 맹수가 본능적으로 이를 놓칠 리 없었다.

앞발이 땅을 움켜줬다 박차는 투박한 소리와 함께 몸을 날린 사자가 검투사의 목덜미를 덮쳤다.

콜로세움 신장개업
로마 유적지 중 가장 큰 규모를 자랑하는 콜로세움(Colosseum)은 이탈리아어로 콜로세오(Colosseo)라고 하는데, '거대하다'라는 뜻의 콜로사레(Colossale)에서 유래됐어. 80년에 티투스 황제가 개장해서 약 5만 명의 관객을 수용할 수 있는데 처음 완공되었을 때는 100일 동안 축하 경기가 열렸고, 이때 도살된 맹수만 해도 5천 마리가 넘었다고 해. 개업파티 한번 요란하지?

바닥에 깔린 마른 모래가 뿌연 먼지를 일으키며 안개처럼 피어올랐다. 놀란 관객들은 자리에서 벌떡 일어났다.

사자 밑에 깔려 꼼짝 못하는 검투사가 벗어나려고 발버둥쳤지만 육중한 무게에 눌려 옴짝달싹 못하고 있었다. 검투사를 지켜주던 유일한 무기인 칼과 방패는 나동그라지면서 이미 그의 손을 떠나 있었다.

으어흥!

사자의 커다란 입이 검투사의 머리를 통째로 삼켰다.

이곳저곳에서 비명 소리가 나오고 심장이 약한 노약자나 임산부는 손바닥으로 얼굴을 가렸다.

"또다시 아까운 검투사 하나가 명을 달리하는구나!" 하는 안타까운 외침이 터져 나오기도 했다. 경기장 안은 그야말로 순식간에 아수라장이 되었다. 승부는 이미 결정난 것 같았다.

펄쩍!

사자가 물을 벗어난 정어리처럼 튀어 오른 것은 그때였다. 덩치에 어울리지 않게 사자는 폴짝거리며 사방팔방을 뛰어다니기 시작했다.

순식간에 벌어진 상황에 어안이 벙벙해진 관중은 모두 턱을 떨어뜨린 채 사자의 행동을 지켜보았다. 한참을 캥거루인 양 껑충거리며 날뛰던 사자는 더 이상 버틸 힘을 잃은 듯 비틀거리며 털썩 주저앉았다.

잠시~후, 사자 밑에 납작하게 깔려 있던 검투사가 무슨 일 있었냐는 듯 아무렇지도 않게 일어나 옷에 묻은 먼지를 툭툭 털어냈다. 검투사가 주저앉아 있는 사자에게 다가가 발로 툭툭 건드리자 주저 앉아 있던 사자는 옆으로 툭 하고 고꾸라졌다. 그제야 사람들을 향해 씨익~ 미소를 지어 보이는 검투사.

믿을 수 없는 광경에 놀라워하는 사람들의 표정은 금세 환호로 바뀌었다. 그리고 여기저기서 터져 나오는 박수 또 박수.

"세상에, 사자를 순식간에 고양이로 만들다니, 대단한걸."

"어떻게 사나운 맹수를 단 한 방에 제압할 수 있을까? 정말 놀라워!"

"아, 맞아! 저 선수가 일전에 호랑이를 입 냄새로 기절시켰다는 그 검투사였구먼!"

얼굴 없는 검투사가 숨을 고르며 손을 들어 V(브이)자를 만들어 보이자, 경기장은 군중의 환호성으로 가득 찼다. 그리고 한마음 한 뜻으로 외쳐댔다.

"앵콜, 앵콜!"

순간, 검투사의 등줄기에 식은땀이 흘러내렸다.

'농담이겠지.'

평소 다른 검투사의 경기는 시시하다며 경기 내내 보고서를 읽거나 서류를 작성하던 로마 최고의 권력자 카이사로도 새로운 검투사의 경기만큼은 손에 땀을 쥐며 흥미롭게 구경했다.

그것이 문제로다
검투사들은 대개 죽을 때까지 싸웠어. 설사 상대를 죽이고 이겼어도 몸을 많이 다쳤으면 죽을 수도 있었어. 그 판단을 누가 하냐면 바로 황제가 했거든. 황제가 엄지손가락을 세우면 그는 살 수 있었고, 엄지손가락을 내리면 죽어야 했거든. 황제의 손가락 하나에 목숨이 왔다 갔다 했으니. 죽느냐 사느냐 정말 그것이 문제로고.

로마 황제가 검투사 시합을 장려한 까닭

로마 황제가 검투사 시합을 장려한 것은 로마 황제의 책무 중의 하나로 여겨졌기 때문이었어. 로마 황제의 가장 중요한 책무는 안전 보장과 식량 보장이었지만 시민들의 욕구를 충족시켜줄 필요도 있었던 것이지. 검투 시합을 싫어했던 티베리우스 황제의 시대에는 검투 시합이 거의 없었는데 이것이 티베리우스 황제가 악평을 받게 된 주요 이유 중 하나가 되었다고 해.

"다른 검투사들과 싸우는 방식이 다르군. 어디에서 온 노예지?"

"그게 희한하게도 기록에 없습니다. 얼마 전부터 경기에 나오고 있는데 보시다시피 특이한 방법으로 싸움에 이기는 터라……. 게다가 투구를 절대 벗는 법이 없어 '얼굴 없는 검투사'로 시민들에게 인기가 높습니다."

잔비어스 백부장의 말에 카이사로 곁에 있던 우알라카노 의원의 입술이 씰룩거렸다.

"그래? 나보다 더?"

잔비어스 백부장은 원로원 의원들 중 최고의 실세인 우알라카노의 갑작스런 질문에 당황했지만 버터에 치즈 발라먹듯 스리슬쩍 받아넘겼다.

"그래봐야 우알라카노 님의 명령 한 마디면 소리 소문 없이 사형장의 이슬로 사라질 노예일 뿐이죠."

이미 최고의 인기 자리를 카이사로에게 내주고 2인자로 내려앉은 우알라카노는 새로운 검투사의 출현을 그다지 달가워하지 않는 것 같았다.

카이사로가 손을 뻗어 조용히 하라는 뜻을 나타내자 사람들의 환호가 잦아들었다. 경기장 안이 잠잠해지자 이윽고 그가 입을 열었다.

"오늘은 다른 때보다 그대의 경기가 더 인상적이었다. 사자한테 어떻게 한 거지? 입맞춤이라도 한 건가?"

얼굴 없는 검투사는 무릎을 꿇어 정중히 예의를 갖췄다.

"바늘 때문입니다."

"바늘 때문이라고?"

"네, 사자가 입을 벌려 머리를 삼키려는 순간 재빨리 사자의 혀 밑에 바늘을 꽂았습니다. 그래서 사자가 절 삼킬 수도 물 수도 없었던 것입니다."

그 짧은 순간에 그런 순발력을 보이다니……. 고개를 숙이고 있는 이 검투사는 보통내기가 아닌 듯했다.

"그런데 자네는 절대 얼굴을 드러내지 않는다는데……. 이유가 뭐지?"

옆에 있던 우얄라카노가 끼어들었다.

"호. 저도 그 점이 궁금했었습니다. 우얄라카노 님."

잔비어스 백부장이 우얄라카노의 말에 맞장구를 쳤다.

"투구를 벗어보라."

카이사로의 명령이 떨어지자 당황하는 얼굴 없는 검투사.

"어서 얼굴을 보여라. 대 로마제국 카이사로 황제님의 말을 거역할 텐가."

"어허, 잔비어스 백부장. 무슨 망발인가? 난 그냥 집정관일 뿐일세!"

'치, 속으로는 좋으면서.'

우얄라카노가 백부장에게 눈치를 주며 짐짓 꾸짖는 척했다.

"자네 어쩌자고 집정관님의 심기를 불편하게 하는가?"

"죄송합니다. 저의 충성심이 그만 오버를 해서……. 어이, 얼굴 없는 검투사, 집정관님의 명령 못 들었어? 너 때문에 나 혼났잖아!"

잔비어스 백부장이 다그치자 검투사는 망설이다 투구를 벗었다.

힘겹게 투구를 벗어들자 땀으로 범벅된 얼굴이 드러났다. 흥건히 젖은 이마에서 솔솔 김이 오르고, 땀이 콧등을 타고 바닥으로 떨어졌다. 순간, 여기저기 놀라는 소리와 웅성거리는 소리로 경기장은 금세 어수선해졌다.

"얼레? 외국인이잖아."

"저 듬성듬성한 머리숱 좀 봐요. 왜 그동안 투구를 안 벗었는지 알겠군."

"얼굴 없는 검투사라더니, 차라리 얼굴을 무기로 썼으면 더 쉽게 이겼을 텐데."

"자네 지금 장난치는 건가? 가면을 벗으래도!"

잔비어스 백부장이 화난 목소리로 다시 한번 검투사를 다그쳤다.

"이힝, 이게 다 벗은 건데요!"

검투사는 울상이 되어 울먹였다.

우얄라카노는 검투사의 외모에 흠칫 놀란 듯했지만 한편으로는 다행이다 싶었다.

'저 얼굴을 로마 시민들이 좋아할 리 없지. 괜히 긴장했잖아.'

하지만 평소 콤플렉스인 대머리 때문에 항상 머리에 월계관을 쓰고 다니는 카이사로만큼은 검투사가 자신보다 머리숱이 적다는 사실에 기분이 좋았는지 검투사를 대하는 태도가 무척 부드러웠다.

"오~ 특이한 외모로고. 싸우는 것도 특이하더니 생긴 것도 정말 특이하구나. 라레스 신께 맹세하건대 너처럼 특이한 얼굴은 더 이상 없을 게야."

군중도 이 낯설게 생긴 외국인 검투사를 호기심 어린 눈으로 지켜보고 있었다.

"그래, 그대의 이름은 무엇이고, 어디서 왔는가?"

카이사로의 갑작스런 질문에 검투사의 얼굴엔 순간 당황하는 빛이 스쳤다.

"저, 제가요, 이름이 없걸랑요. 기억을 잃어버려서……."

얼굴 없는 검투사는 애꿎은 머리만 긁적였다. 그때, 경기장 한 편에서 누군가 벌떡 일어나 소리쳤다.

"저건 노빈손이잖아. 빈손아, 빈손아. 야, 나야 나……."

부오나 뽀르뚜나, 부오나 죠르나따~

이탈리아어로 '행운을 빕니다, 좋은 하루 되세요' 라는 뜻

로마, 속속들이 헤집고 다니기

안녕, 난 로마 시민들한테 사랑을 듬뿍 받고 있는 얼굴 없는 검투사야. 하지만, 그런 인기가 다 무슨 소용이람. 내가 누구인지 기억조차 나지 않는 걸. 이 수려한 외모와 귀티 나는 품성으로 보아 분명 평범한 사람은 아니었을 텐데. 혹시 내가 누구인지 알고 있다면 알려줄래? 푸짐한 선물도 줄게. 어떤 선물이냐고? 짜잔~ 고대 로마제국의 근거지인 이탈리아 여행 꼼꼼 가이드! 내가 직접 체험한 생생한 이탈리아를 멋지게 알려줄게. 대신 선물이 마음에 들면 꼬옥 내가 기억을 찾을 수 있게 도와줘야 해, 알았지?

유럽의 장화를 찾아라!

이탈리아는 유럽 중남부에 위치한 반도 국가야. 우리나라처럼 삼면이 바다로 둘러싸여 있지. 지중해로 말이야. 지도에서 언제라도 시칠리아 섬을 걷어찰 기세의 장화 모양으로 생긴 나라가 보이지? 거기가 바로 이탈리아야. 북쪽에 있는 알프스는 이탈리아와 유럽대륙을 잇는 유일한 육로를 가로막고 있어서 북유럽을 떠돌던 야만인들이 쉽게 이탈리아 반도를 침입하지 못하도록 막아주었어. 이 독특한 지형 덕분에 이탈리아는 초기 문명의 발상지이자 중심지가 될 수 있었지.

베네치아

A.D. 1세기경의 로마제국

반도를 에워싼 지중해를 통해 발 빠르게 앞선 문명을 들였고, 후에는 문명의 수출통로로 다른 나라에 영향을 주었거든. 역시 지리적인 장점은 잘 활용하고 볼 일이라니까.

과거와 현재가 공존하는 곳

이탈리아의 정식 명칭은 이탈리아 공화국, 면적은 30만 1,277㎢로 한반도의 약 1.5배 정도 넓이인데 산지와 구릉이 많아서 실제로 평야의 넓이는 얼마 되지 않아. 인구는 5,771만 명(2002년 기준), 수도는 고대 로마제국의 수도이기도 했던 로마야. 이탈리아는 지반이 불안정한 편이라 융기, 침강이 일어나기도 하고, 아주 가끔이지만 지진으로 몸

살을 잃기도 해. 시칠리아에는 유럽 최고의 활화산인 에트나 화산도 있어. 에트나 화산에는 260여 개가 넘는 기생화산(화산의 중턱이나 기슭에 새로 분화해서 생긴 작은 화산)과 분화구가 있지만, 걱정 마. 지금은 거의 대부분 사화산(화산 활동이 없는 화산)으로 변했으니까 말야.

이탈리아는 과거와 현재가 공존하는 곳이기도 해. 허물어진 로마 시대 성곽 위로 주택단지가 솟아 있고 초현대식 박물관에 로마 시대 이전의 문화유산이 전시되고, 또 산골마을의 노인들은 수백 년 전의 전통을 고수하지만 그 손자들은 최첨단 유행을 이끌어 가는 곳이기도 하거든. 3,000년이라는 긴 시간을 가슴에 품고 영화, 오페라, 패션, 음식 등 다양한 분야에서 독특한 자신만의 색을 뽐내고 있는 이탈리아는 그래서 더 매력적으로 느껴지나 봐.

그리스 없인 이탈리아도 없다?

이탈리아(로마)는 원래 원시적이고 낙후된 지역이었어. 이것을 변화시킨 것이 바로 그리스인과 에트루리아인이야. 제국 시절 힘이 세진 로마는 그리스를 정복했으나 그리스 문명은 오히려 로마로 건너가 로마 문명의 뿌리가 되었어. 그리고 엄청난 영토를 가진 로마를 통해 유럽에 골고루 퍼짐으로써 그리스와 로마 문명은 유럽 문명의 바탕이 될 수 있었던 거야. 그리스 사람들 없이는 세계 문명에 영향을 미친 빛나는 로마 문명은 생각할 수 없다고 해도 과언이 아니지. 하지만, 로마가 없었다면 그리스 문명은 그리스 안에서 끝났을지도 몰라. 결국 로마는 서양 역사, 나아가 인류 역사에

아주 중요한 역할을 한 거지.

언젠가 세계 여행을 떠난다면 이탈리아에 꼭 한번 들러 봐,
카푸치노를 먹으며 로마 시내를 걷다 보면 이탈리아에 반하
고 말 테니까.

얼굴 없는 검투사에게 배우는 생생 이탈리아어 한마디!

▶ 오전인사 - **본 죠르노**

▶ 오후, 저녁인사 - **부오나 세라**

▶ 안녕 - **챠오**

▶ 제 소개를 할까요? - **뽀소 쁘레젠따르미**

▶ 여보세요? - **쁘론또**

▶ 고맙습니다 - **그라찌에**

▶ 예 - **시** / 아니오 - **노**

▶ 내 이름은 노빈손이야 - **미 끼아모 노빈손**

▶ 얼마예요? - **꾸안토 꼬스타**

▶ 좋은 생각이야 - **에운오띠마 이데아**

1

나는 누구인가?

노빈손.

아직도 귓가에 그 조그만 외침이 소용돌이치듯 감돌아 메아리치는 것만 같았다.

'그게 누굴까? 혹시, 내 이름? 설마, 이렇게 럭셔리한 외모인데 그처럼 촌스러운 이름이? 그런데도 왠지 낯설게 들리지 않으니⋯⋯. 만약 내 이름이라면 나의 이름을 불러준 그는 누구란 말인가?'

대기실에 돌아온 검투사는 머리를 쥐어 잡고 잃어버린 자신의 기억을 되살리려 해보았지만 고통스럽기만 했다.

"아, 이럴 때가 아니야, 어서 그 사람을 찾아봐야겠어!"

검투사는 서둘러 튜닉으로 갈아입고 경기장 밖으로 나섰다. 혹시나 자신의 과거를 아는 사람을 만나게 될지도 모른다는 기대감으로 경기장을 빠져나가는 사람들 한 명, 한 명을 붙잡고 자신을 모르느냐고 물어보았다.

싸우는 방식 못지않게 항상 투구를 쓰고 경기에 나서 신비감을 불러일으킨 그는 사람들에게 '얼굴 없는 검투사'로 많은 인기를 얻고 있었다.

하지만, 믿어지는가? 그는 과거가 없는 사람이다. 과거를 전혀 기억 못 하는, 자신이 어디서 왔는지, 이름이 무엇인지조차 전혀 모르는 고뇌에 찬 외로운 검투사라는 사실을!

하지만, 오늘 누군가 그의 이름을 불러주었다.

그가 이름을 불러주기 전엔 한낱 이름 없는 검투사에 지나지 않았다. 그가 이름을 불러주자 검투사는 그에게로 가 한 송이 꽃이 되었다.

대중목욕탕에서 생긴 일

얼굴 없는 검투사는 잔뜩 풀이 죽어 있었다.

혹시나 그 사람을 찾으면 자신의 과거를 알 수 있을까 하고 기대를 잔뜩 했었는데……. 실망이 이만저만이 아니었다.

이때 검투사 감독을 맡고 있는 히딩쿠스가 다가와 그의 어깨에 팔을 둘렀다.

"캬~ 오늘 보니까 자네 인기가 정말 많아졌어. 이제 카이사로 집정관의 눈에도 들고 했으니 조만간 더 큰 경기에서 싸울 수 있을 거야. 자네는 우리 팀의 노다지라고 노다지. 내가 자네 좋아하는 거 알지? 하늘만큼 땅만큼……."

"히딩쿠스 감독님! 혹시 경기장에서 저를 부르는 소리 못 들으셨어요? 빈손아~ 이렇게 불렀던 것 같은데."

히딩쿠스의 양미간에 주름이 잡혔다.

"아니, 못 들었는데. 그것보다 오늘 경기를 마음에 들어 하신 카이사로 집정관님께서 자네를 위한 연회를 여신다고 하

검투 시합이 유행하면서 제정 시대에는 검투사 학교를 통해 직업적인 검투사들이 양성되었어. 검투사들이 학교에서 배우는 가장 중요한 부분은 체력 연마나 기술이 아니라 어떻게 죽어야 하는가였지. 패자는 자신을 죽일 자에게 목을 들이대면서 위엄 있게 죽을 줄 알아야 했고, 승자는 나팔 소리가 나면 칼을 공중에 휘둘러 관중에게 답례한 후 상대방을 죽였어. 오늘날 이런 학교가 없어서 다행이지?

셨네. 그러니 어서 목욕부터 하고 오게나. 참, 자네 대중목욕탕엔 처음 가보는 거지?"

검투사들을 훈련하고 감독하는 일을 하는 히딩쿠스는 자신에게 많은 부를 가져다주는 이 '얼굴 없는 검투사'가 마냥 예쁘게만 보였다.

"여기 『로마 대중목욕탕, 100배 즐기기』를 보고 가게나. '벽에다 타월 걸어 놓고 혼자 등 밀기' 같은 다양한 목욕 기술이 그림으로 설명되어 있어서 도움이 많이 될 걸세."

'글을 알아야 보든지 말든지 하지……'

더듬더듬―.

로마의 대중목욕탕 안은 더운 김이 들어차 있어 앞을 분간할 수 없었다.

아무도 없는지 목욕탕 안은 조용했다. 얼굴 없는 검투사는 옷을 벗으려니 왠지 좀 쑥스러워 얼른 옷을 벗어던지고 누가 볼세라 욕탕으로 첨벙 뛰어들었다.

"으악, 뜨거! 발바닥 살류~."

발바닥을 탕 안의 바닥에 내딛는 순간 발바닥 살들이 '쩍쩍' 묻어 떨어져 나가는 듯한 고통이 온몸으로 전해졌다.

누군가 강한 힘으로 허우적거리는 그를 탕 밖으로 끌어냈다.

"아니, 이 사람이 발바닥 구워먹으려고 작정을 했나?"

밖으로 나와서도 벌겋게 익다시피 한 발바닥을 촐싹거리

최고의 대중목욕탕 카라칼라
216년에 개장된 로마 최대의 목욕탕 카라칼라는 한 번에 무려 1천 600명을 수용할 수 있었다고 해. 목욕탕 안에는 정원, 체육관, 그리스어와 라틴어 도서관도 함께 있었지. 목욕탕 개장시간은 종소리로 알렸고, 목욕탕에 갈 때는 기름병, 소다, 수건 여러 장, 갈고리 모양의 꼬챙이를 챙겨갔어. 기름을 바른 꼬챙이로 때를 밀고 피부에 기름을 바르는 것이 일반적이었다고 해.

며 호호 불어대던 검투사는 그만 뒤로 나자빠졌다.

뿌연 수증기에 가려 아무도 없는 줄 알았던 목욕탕에 비명 소리를 듣고 어느새 많은 사람이 모여들어 벌거벗은 그를 빙 둘러싸고 내려다보고 있었던 것이다.

"탕 속에 들어갈 땐 신발을 신었어야죠. 용광로에서 올라오는 뜨거운 공기로 물을 데워서 바닥도 뜨거운 거 몰라요? 그리고 뭐 보여줄 게 있다고 이렇게 다 벗고 설치는 거유? 대중목욕탕에 처음 와 보는 사람처럼……."

"처음인데요."

세신사로 보이는 남자가 그럴 줄 알았다는 듯 받아쳤다.

"어쩐지 어리바리하더라니. 근데, 어디서 많이 본 얼굴인데……."

그의 눈동자가 중앙으로 심하게 몰리는가 싶더니 갑자기 이마를 탁 쳤다.

"아! 생각났다. 오늘 콜로세움에서 사자랑 싸운 그 검투사, 맞죠? 햐, 이렇게 실제로 만나게 될 줄이야. 난 목욕탕 주인 다미러라 하오. 햐, 내가 얼굴 없는 검투사의 누드를 보게 되다니……. 내 기념으로 돈 안 받고 때를 밀어드리리다."

다미러는 돌김에 참기름 바르듯 검투사의 몸에 정성스럽게 올리브 기름을 칠하고 뾰족한 쇠꼬챙이를 들이댔다.

"으악, 뭐 하시는 거예요?"

"뭐 하긴 때 밀지, 뭘 그리 놀라슈? 이렇게 구부러진 꼬챙이를 써야 때가 쫘아악~ 벗겨지지."

"그렇게 무지막지한 흉기로 어떻게 때를 밀어요?"

검투사의 눈엔 무지막지하게 생긴 쇠꼬챙이가 섬뜩해 보였지만, 사람들은 아무렇지도 않게 그것으로 때를 밀고 있었다.

"경기장에서 싸우는 거 보고 용감한 줄 알았는데 실제로는 겁이 상당히 많구먼? 엄살 부리지 말고 이렇게 누워 보슈. 내가 하나도 안 아프게 잘 밀어 줄 테니까. 그나저나 어느 집안 출신이우?"

순간 얼굴 없는 검투사의 얼굴에 슬픈 기색이 감돌았다.

"어느 집안이라니요. 지금의 저는 기억을 잃고 싸움만 아는 외로운 노예일 뿐인 걸요."

"뭐, 노, 노예라고? 이런 젠장. 내가 노예의 등이나 밀고 있었다니 정신이 나갔지, 정신이 나갔어!"

검투사의 말에 화가 난 다미러는 때를 밀다 만 꼬챙이를 내던지고 사라져버렸다.

'아, 정말 나는 누구란 말인가?'

다시금 잃어버린 자신에 대한 괴로움이 밀려오기 시작했다.

그때였다. 목욕탕 주인의 조수로 보이는 비쩍 마른 남자 노예가 파테라에 물을 떠서 비실비실 다가왔다. 그러고는 검투사의 등에 물을 끼얹으려다 말고 깜짝 놀라며 수증기 너머로 덥석 검투사의 손을 잡아왔다.

"넌 노, 노빈손! 빈손아……, 역시 너였구나."

그렇다면, 이 노예가 바로 콜로세움의 그 남자?

얼굴 없는 검투사는 벌떡 일어났다.

정체 불명의 아줌마들

"그러니까, 내 이름은 노빈손이고 세계 여행을 하던 중이었단 말이지?"

고뇌에 찬 포즈를 취하던 검투사, 아니 노빈손은 몇 가닥 남지 않은 머리카락을 쓰윽 빗어 넘기며 목소리를 깔았다.

"예상은 했었지만 난 역시 멋진 녀석이었어."

노빈손은 세계를 누비며 여행하러 다녔을 자신의 과거 모

고대 로마 시대 사람들은 사포(Sapo)의 언덕에서 짐승을 태워 신에게 제사를 지냈어. 이때 생긴 기름과 타다 남은 재가 섞여 강을 타고 흘러갔고 이 강가에서 빨래를 하던 여인들이 이것을 이용하면 쉽게 때가 지워진다는 사실을 알게 되었지 그래서 이이후부터 사람들은 사포산에서 흘러 내려온 물질을 비누, 곧 소프(Soap)라 부르게 되었대.

습을 상상하며 감회에 젖었다.

"얼씨구. 지금 자화자찬하고 있을 때야? 어떻게든 돌아갈 생각을 해야지. 나까지 너 때문에 고대 로마에서 때를 밀고 있고. 이게 예술가가 할 짓이냐? 너만 아니었으면 지금쯤 이탈리아 국립극장에서 독창회를 열었을지도 모르는데."

자신의 이름을 목쉬네라고 소개한 세신사 조수의 투정이 노빈손을 정신 들게 했다.

"근데 어떻게 해서 우리가 여기 고대 로마로 오게 됐다고 했지?"

"머리 나쁘면 메모라도 해. 몇 번을 알려줘야 하냐?"

"헤헤, 원래 비범한 인물들은 사사로운 걸 기억하지 못하는 법이거든."

"혹시 기억을 잃은 게 아니라 머리를 다친 거 아냐?"

목쉬네는 세계 일주를 하던 노빈손이 어떻게 해서 고대 로마로 날아오게 됐는지 자기가 아는 대로 설명을 늘어놓기 시작했다.

목쉬네는 원래 로마에서 잘나가던 음악가로 노빈손과 우연히 알게 되어 함께 로마의 유적지를 돌아다니고 있었단다. 그런데 어디선가 갑작스럽게 나타난 세 명의 아줌마들과 빈손이 대화를 나누는가 싶더니, 잠시 후 허공에 4차원 세계의 구멍이라도 있는 것처럼 강력한 힘으로 빈손을 빨아들이기 시작했고, 빨려들지 않으려고 발버둥치던 빈손이 옆에 있던 목쉬네의 다리를 붙잡고 버티다가 결국, 둘 다 세트로 빨려 들어가고 말았다. 그리고 눈 떠보니 고대 로마였다는 믿기지 않는 내용이었다.

"그 세 명의 아줌마들은 대체 누군데?"

"그거야 나도 모르지. 너를 찾으면 다시 돌아갈 방법을 찾게 될 줄 알았는데……. 이건 한술 더 떠 아예 기억상실증이라니. 내 인생 돌리도~ 물리도~."

목쉬네의 신세 한탄에 노빈손은 머리를 긁적였다.

"그러니까 결국 우리가 여기까지 오게 된 이유는 너도 모른다는 얘기네."

노빈손은 실망이 이만저만이 아니었다. 자신의 이름을 알고 있는 사람을 만나면 잃어버린 과거에 대해 속 시원하게 들을 수 있을 줄 알았는데 그 역시 아는 것이 별로 없다니…….

"그래도 네 이름이 노빈손이라는 걸 알게 되었으니 다행으로 알라고."

"하긴, 네가 아니었다면 내 이름이 노빈손이라는 것도, 내가 세계 여행하러 다니던 귀티 나는 사람이라는 것도 몰랐겠지?"

노빈손의 말에 목쉬네가 입에 거품을 물었다.

로마의 건물은 간격이 좁고 창문이 제대로 나 있지 않아 횃불과 화로에서 나오는 연기가 빠져 나가지 못하고 집 안 벽 사이에 늘 뿌연 안개처럼 드리워졌었어. 이 때문에 로마인들은 답답한 집을 나와 목욕탕에 가는 걸 일상의 큰 즐거움으로 여겼지. 그래서 로마 정부는 박해나 징벌을 가할 때 로마인이 제일 좋아하는 목욕을 못 하게 했다고 해.

"귀티는 무슨, 촌티겠지. 어쨌거나 집에 이제 어떻게 돌아가지? 너나 나나 여기에서 노예처럼 살다가 죽을 순 없잖아."

목쉬네의 말이 맞다. 여기서 언제까지 노예처럼 살아갈 순 없는 일이었다. 말이 검투사지, 언제 싸우다 죽을지 모르는 시한부 인생에 불과하니까. 그나저나 이곳까지 온 것과 세 아줌마는 어떤 관계가 있는 걸까?

이런저런 생각에 잠겨 있던 노빈손은 뭔가 미심쩍은 구석을 발견한 듯 갑자기 의미심장한 표정으로 눈을 게슴츠레하게 떴다.

"잠깐, 목쉬네. 너의 말이 사실이 아닐 수도 있잖아. 네가 사실은 나를 시기하는 상대 팀 검투사가 보낸 첩자일 수도 있고 말이야."

이렇게 엄청난 문제점을 발견한 자신이 대견하다는 듯한 노빈손의 표정에 목쉬네는 황당했다.

"아예 소설을 써라, 소설을……."

"내가 미래에서 왔다는 말을 어떻게 선뜻 믿을 수가 있겠어? 그러니 증거를 대보라고. 그러면 믿어 줄 테니까."

"뭐, 증거?"

목쉬네는 잠시 생각에 잠겼다.

"맞다. 기다려봐."

잠시 사라졌다 돌아온 목쉬네의 손에는 처음 본 가방이 들려 있었다. 그리고 가방 안을 열심히 뒤지더니 이상한 물건을 꺼내어 노빈손에게 들이밀었다.

"이것 보라고. 여기 너랑 함께 찍은 사진이 있잖아. 이 사진을 좀 들여다보라고!"

목쉬네가 보여 준 사진 안에 노빈손이 목쉬네와 사이좋게 어깨동무를 하고 있었다. 그리고 두 사람의 뒤로 콜로세움이 보였는데 사진 속의 콜로세움은 낡아빠져 여기저기 균열과 흠집으로 황폐해 보였다.

"아니, 콜로세움이 왜 이렇게 낡은 거야?"

의심에 찬 눈초리로 노빈손이 목쉬네를 째려보았다.

"시, 시간이 워낙 많이 흘렀잖아."

"흠, 역시……."

무엇인가 생각난 듯한 노빈손의 진지해진 표정에 목쉬네가 다급해졌다.

"왜, 뭐가 생각난 거야? 이 사진을 보니까 기억이 되살아난 거지, 그런 거지?"

"나 정말 잘생기지 않았냐?"

"얘가 나를 예술적 인간에서 야성적 인간으로 만드네. 아오~."

콜로세움에
총알자국이?
콜로세움은 가까이에서 보면 총알이나 포탄의 파편처럼 보이는 많은 구멍이 뚫려 있어. 하지만 놀라지 마. 이건 로마 특유의 건축 공법과 아연 때문이니까.

향락의 절정, 귀족 파티

"왜, 이렇게 오래 걸린 거야? 곧 연회가 시작될 텐데. 어서 서둘러."

목쉬네와 함께 검투사 숙소로 느지막이 들어서는 노빈손을 히딩쿠스가 다그쳤다.

"감독님, 드디어 절 아는 친구를 찾았어요. 제 이름이 노빈손이래요, 이름 멋있죠?"

"이보게, 지금 연회에 늦었다고 하지 않았나! 이렇게 꾸물거리다가는 무슨 불호령이 떨어질지 몰라. 어서 가자고. 지체할 시간이 없어!"

히딩쿠스는 다급하게 노빈손의 갈 길을 재촉했다.

"감독님, 전 연회보다 제 과거를 알고 있는 이 친구와 이야기를 좀 더 하고 싶은데요."

"말도 안 돼. 자네의 승리를 축하하기 위한 연회에 주인공이 빠지다니. 정 그렇다면 할 수 없군. 이 친구도 같이 데려가자고."

히딩쿠스 감독관의 말에 목쉬네의 얼굴이 활짝 펴졌다.

"저, 저도 연회에 데려가신다고요? 그럼 이 모양으로 갈 순 없어요. 잠시만 기다려 주세요."

가방에서 분장도구를 찾은 목쉬네는 스프레이를 뿌려 머리를 멋들어지게 세우고 엽기적인 페인팅으로 얼굴도 꾸몄다.

연회에서
지켜야 할 에티켓
로마의 벽화를 보면 연회 모습을 많이 볼 수 있는데 말이야. 손님들은 흔히 한 침상에 세 명씩 누워서 음식을 먹고, 식사가 끝나면 음악을 듣거나 또는 대화를 나누거나 마술을 즐기면서 여흥을 즐겼지. 이런 연회에서 반드시 주의해야 할 일이 있어. 침을 뱉어도 되고, 트림을 해도 되고, 심지어 먹던 것을 토해도 되지만, 절대로 욕하거나 논쟁을 해선 안 됐어. 좀 특이한 로마 사람들이지 뭐야.

"뭐야. 이래서야 창피해서 어디 데리고 다닐 수 있겠어?"

히딩쿠스는 고민에 빠졌다.

"시간이 없으니 저 얼굴을 씻겨서 데려갈 수도 없고……. 할 수 없다. 일단 어서 출발하고 보자구."

인도코끼리 대여섯 마리도 너끈히 지나다닐 수 있을 것 같은 육중한 개선문을 여러 개 통과하자 아름다운 돔으로 장식된 너른 공간이 나타났다. 노예의 안내로 들어선 방에선 연회가 막 시작되고 있었다.

연회장 안은 화려한 장식과 온갖 맛있는 음식들로 가득 찼고 한쪽에서 연주되는 음악에 맞춰 춤을 추는 무희들이 연회장 안의 분위기를 흥겹게 만들고 있었다.

세 사람이 들어서자 벌써 취했는지 눈이 반쯤 풀린 잔비어스 백부장이 반갑게 아는 척을 해왔다.

"이게 누구신가? 얼굴 없는 검투사 아니신가? 아니지, 이제 얼굴 있는 검투사라고 해야 하나? 크크크."

잔비어스 백부장은 흐느적대다 혼자 키득거렸다.

"어? 이게 뭐야. 벌써 잔이 비었잖아. 아이, 여기 잔 비었어!"

술 따르는 노예를 부르는 백부장의 얼굴은 취기로 달아올랐다. 그래서인지 백부장 얼굴에 오밀조밀하게 붙어 있는 살색 반창고들이 유난히 더 도드라져 보였다.

"저, 전에부터 궁금했었는데요, 얼굴에 뭘 붙이신 거예요? 다치시기라도 한 건가요?"

로마의 여자들은 속에 튜닉을 입고, 그 위에 스톨라라는 긴 망토를 덧입었어. 여자들은 종종 다양하게 걸칠 수 있는 커다란 숄인 팔라도 입었지. 여자들은 결혼하기 전까지는 하얀 옷을 입었지만 결혼한 후에는 밝은 색으로 물들인 옷을 주로 입었어.

"아, 이거? 멋으로 붙인 거라네."

"네? 멋이라고요?"

"자네도 알다시피 우리 대 로마제국의 남자들이 어디 보통 멋쟁이인가? 그 멋스러움을 유지하기 위해 이렇게 늘 외모를 가꾸는 데 많은 시간과 노력을 들인다네. 그리고 이건……."

잔비어스 백부장은 빈손에게만 알려주는 것처럼 가까이 다가와 속삭였다.

"얼굴의 점을 가리기 위해 특별히 주문 제작한 가죽일세. 어때, 얼굴이 백옥처럼 보이지 않는가? 자네도 외모에 관심이 많은 거 같은데……. 한번 붙여 볼 텐가? 뭐, 그 얼굴에는 붙여도 소용 없겠지만 말이야. 푸하하하!"

'참나, 이 꽃미남을 뭐로 보고…….'

그때였다. 저만치서 카이사로가 잔을 높이 쳐들었다.

"대 로마제국의 귀족 여러분! 저의 조촐하기 그지없는 파티에 이렇게 참석해 주셔서 감사합니다."

"초대해 주셔서 영광입니다. 황제폐하."

술에 취한 잔비어스 백부장이 잔을 들며 소리쳤다. 일순간 파티장의 분위기가 썰렁해졌고, 이를 무마하려는 듯 원로원 의원인 우알라카노가 부자연스럽게 크게 웃었다.

"하하하. 그렇게 기억력이 나빠서 우알라카노. 집정관님께서 황제라고 부르지 말라 하지 않았소!"

우알라카노는 카이사로를 힐끔 쳐다보더니 말을 이었다.

"여러 원로원 분들도 아시다시피 우리 로마는 황제 없이 집정관과 원로원들이 함께 통치하는 공화정 아닙니까. 이런 곳에서 황제폐하라니……. 잔비어스 백부장님, 말조심하셔 야겠어요!"

"자자, 골치 아픈 정치 얘기는 이제 그만하고 다들 먹고 마 시며 이 밤을 불태웁시다그려."

원로원 의장인 아라리우스가 말을 끝맺자마자 때맞춰 요 리사가 통째로 구운 돼지 바비큐를 들고 입장했다. 카이사로 가 손가락을 퉁겨 '딱!' 하고 신호를 주자 요리사가 구운 돼 지의 배를 갈랐다.

그러자 그 속에서 살아 있는 개똥지빠귀 수십 마리가 일제 히 날아올랐다. 사람들의 환호와 함께 잠시 중단됐던 파티가 다시 이어졌다.

때를 기다리던 히딩쿠스가 목쉬네와 노빈손을 이끌고 카 이사로 앞에 나아가 인사를 드렸다.

"오, 얼굴 없는 검투사 왔는가?"

"집정관님, 제 이름을 찾았습니다. 전 노빈손이라고 합니다."

"노빈손? 이름이 그게 뭐야. 차라리 내가 하나 지어줄까? 음, 뭐가 좋을까?"

한참을 고민하던 카이사로는 멋쩍은 듯이 바라보았다.

"뭐, 이름이야 아무렇게나 불리면 어떤가. 어쨌든 자네를 위한 자리인 만큼 마음껏 즐겨주게나."

로마인 이름 짓기
로마의 아이들은 태어 나자마자 죽는 경우가 많아서 여자 아이는 태 어난 지 8일이 지나야 이름을 지었고 남자 아 이는 9일이 지나야 지었 어. 남자 아이는 주로 아버지의 이름을 물려 받는 경우가 많았고 여 자 아이는 대개 아버지 의 이름 끝의 '~우스' 를 '~아'로 바꾸어서 불렀지. 예를 들면 아라 리우스의 딸은 아라리 아, 느끼리우스의 딸은 느끼리아로 말이야.

홍청망청.

사람들은 음식을 먹는 일조차 힘겨운지 손걸이가 있는 침대에 누워 반쯤 감긴 눈을 하고 손으로 음식을 집어 먹고 있었고, 주변에는 그들의 손길을 기다리는 음식들이 끝없이 계속 들어오고 있었다. 우알라카노 역시 누워서 배가 잔뜩 나왔음에도 불구하고

50

입으로 계속 음식을 집어넣고 있었다.

"아직 초저녁인데 졸리신가 봐요? 침대에 누워 계시고."

"뭐라고? 하긴 천박한 노예 주제에 어떻게 이런 고급스런 귀족 문화를 이해할 수 있겠어. 자고로 음식은 이렇게 벌러덩 누워 손으로 먹어야 제 맛이지. 아우, 배불러. 너무 많이 먹은 거 같은데……."

말을 마치자마자 우알라카노는 깃털을 들어 목구멍을 살살 간질이더니 토하기 시작했다.

우웩 우웩~.

"흠, 토했더니 한결 낫군. 그럼 슬슬 멧돼지 요리를 먹어볼까?"

우욱!

노빈손은 속이 메스꺼워 구역질이 나오는 걸 손으로 간신히 틀어막았다. 이건 비위가 좋은 차원을 넘어서 비위가 아예 없는 수준이었다. 우얄라카노는 멧돼지 요리를 먹다 말고 노빈손 옆에 서 있는 목쉬네를 흥미롭게 바라봤다.

"못 보던 얼굴인걸. 노빈손 자네만큼이나 특이한 얼굴을 하고 있군. 끼리끼리 논다더니……. 그래, 자네는 이름이 뭔가?"

노빈손이 새로 온 검투사라고 둘러대려 했지만 목쉬네가 더 빨랐다.

"노래하는 고독한 예술가라고나 할까요. 시대가 달라 모를 터인데 목쉬네라고 불러주세요."

"오 예술가! 내가 원래 시와 음악을 사랑하는 예술 애호가지. 그래, 파티의 흥을 더할 겸 어디 한 곡 불러보겠는가?"

'드디어 꿈에 그리던 데뷔를 하게 되는구나' 하는 생각에 목쉬네의 눈에 기쁨의 이슬이 맺혔다.

"그럼. 에헴, 에헴."

목쉬네는 조심스럽게 목소리를 가다듬고 배꼽에 힘을 꽉 주고 노래를 부르기 위해 입을 벌렸다.

그때였다. 연회장에 로마군 병사 한 명이 헐레벌떡 뛰어들어오며 소리쳤다.

"큰일났습니다, 큰일났습니다!"

순간 연회에 모인 사람들의 시선이 방금 뛰어 들어온 낯선 병사에게로 쏠렸다.

"베스타 신전의 불이, 부, 불이 꺼졌습니다!"

"뭐라고?"

먹고 마시던 파티장이 일순간 싸늘해졌다. 얼굴이 새파래진 사람들 뒤로 카이사로의 얼굴이 사정없이 일그러졌다.

베스타 신전의 불.

그 불이 어떤 불이기에 다들 이렇게 사색이 된 것일까? 여기서 잠깐 그 불에 대해 짚고 넘어가자.

난로와 부뚜막의 여신이자 부엌의 여신 베스타는 고대 로마인들에게 국가의 신으로 받들여졌다. 그래서 로마인들은 베스타 신전의 불을 24시간, 365일 쉬는 날 없이 항상 켜 놓아 그녀에 대한 두터운 신앙심을 보여주고자 하였다.

또한 불이 꺼지면 로마가 멸망하게 된다고 생각하여 신녀들로 하여금 날마다 불을 지키게 하였다.

그런 불이 꺼지다니. 사람들은 대 로마제국의 앞길에 일어날 뭔가 불운한 일을 암시하는 것이 아닌가 하는 불안감으로 술렁거렸다.

카이사로의 분노가 하늘을 찔렀다.

"내가 그랬지? 자나 깨나 불조심, 켜진 불도 다시 보라고. 그 불이 어떤 불인데……. 오늘 당직 신녀를 당장 데려와!"

나는 네가 신전에서 한 일을 알고 있다

털썩!

병사들에 의해 끌려나온 베스타 신전의 신녀가 바닥에 사정없이 내동댕이쳐졌다.

"이런 사자 굴에 던져도 시원치 않을 신녀가 다 있나."

끌려나온 신녀를 보고 술에 취한 잔비어스 백부장이 호통을 쳤다.

"베스타 신전의 불이 꺼졌으니 시민들의 원망을 다 어찌들어. 그렇게 믿고 의지하는 신의 불이 꺼졌으니 카이사로 님을 얼마나 변변치 못한 황제, 아니 집정관으로 보겠어? 카이사로 님께서 힘들게 인기 순위 1위가 된 지 얼마나 됐다고 벌써 이런 일이 벌어지느냐고. 어쩔 거야. 어? 꺼진 불을 어쩔 거냐구!"

잔비어스 백부장이 소리치자 베스타 신전의 신녀는 감히 카이사로 앞에서 얼굴조차 들지 못하고 작은 새처럼 몸을 웅크린 채 떨고 있었다.

'로마인들이 그렇게 아끼는 불을 꺼뜨렸으니 최소한 사망이겠군.'

노빈손은 로마제국의 앞날보다 베스타 신녀의 앞날이 더 걱정스러웠다. 고개 숙인 신녀는 흐느끼는지 가냘픈 어깨가 들썩거렸다.

그런 그녀의 모습에 깜짝 놀란 카이사로가 입을 열었다.

"아니 너는 신녀 시치미나가 아니냐? 내가 평소 그렇게 귀여워했건만……. 괘씸한 것. 네가 일부러 불을 꺼뜨렸느냐?"

"억울합니다. 저는 신의 불을 누구보다 열심히 지켰습니다."

신녀의 호소에 우얄라카노가 버럭 소리를 질렀다.

"어디서 불 꺼뜨리고 시치미까지. 괘씸한 것! 얼굴만 예쁘면 다냐?"

"사실입니다. 믿어주십시오, 흑흑."

울먹이던 시치미나가 고개를 들자 헝클어진 머리 사이로 그녀의 아름다운 얼굴이 살짝 드러났다. 창백하고 아름다운 얼굴은 눈물로 얼룩져 있었다.

'헐, 얼굴이 예쁘면 대부분 용서되던데……'

하지만, 노빈손의 속마음과는 달리 카이사로를 비롯한 다른 원로원 의원들은 좀처럼 화를 가라앉힐 줄 몰랐다.

"시끄럽다. 꼭, 공부 열심히 했는데 시험 못 봤다고 하는 녀석들이 있지. 열심히 했는데 왜 시험을 못 봐. 그게 말이 돼? 불을 열심히 지켰는데 그 불이 왜 꺼져? 열심히 안 지켰으니까 꺼졌지. 내 말 틀려?"

잔비어스 백부장이 술에 취해 더 커진 목소리로 시끄럽게 소리를 질러댔다. 원로원 의원들 중 우얄라카노가 대표로 나서서 이번 사태의 심각성에 대해 언성을 높였다.

"카이사로 집정관님, 이 사태는 그냥 넘어가서는 안 될 일입니다. 신의 불이 꺼졌으니 시민들이 얼마나 동요하겠습니까. 불이 꺼진 것이 다 카이사로 님의 부덕함 때문이라며 자리에서 당장 물러나라고 할 텐데 이를 어쩌면 좋습니까?"

카이사로는 우얄라카노의 말을 듣고 잠시 생각에 잠겼다가 입을 열었다.

"그렇소. 이건 보통 일은 아니요. 그 불은 단순한 불이 아니라 로마를 지켜주고 수호해 주는 신의 불이니까. 시치미나야, 어쩌자고 이런 큰일을 저지른 게냐?"

"정말 제가 불을 꺼뜨린 게 아닙니다. 믿어주세요. 불을 꺼뜨린 사람을 봤습니다."

"뭣이라? 불을 꺼뜨린 자를 보았단 말이냐?"

"그렇습니다. 그 자는 지금 이 자리에 있습니다!"

파티장에 모인 사람들은 놀라움을 금치 못했고 웅성거리는 사람들 소리로 파티장은 곧 아수라장이 됐다.

"그를 똑똑히 보았다 했느냐? 그가 여기 있다 했느냐? 그

카이사르
월계관의 비밀
카이사르는 수많은 발모제를 개발해 사용했지만 효과를 보지 못했어. 콤플렉스에 시달렸던 그를 위해 원로원 사람들은 특혜를 줬지. 카이사르에게만은 개선식이 아닌 때에도 월계관을 쓸 수 있도록 허락해 준 거야. 그후 월계관은 카이사르의 트레이드마크가 되었다는군.

렇다면, 범인을 지목해 보아라!"

시치미나가 범인의 얼굴을 알고 있다는 자백에 우얄라카노가 다그쳤다.

시치미나는 울음을 멈추고 범인을 지목하기 위해 사람들의 얼굴을 둘러보았다.

사람들은 혹시라도 그녀가 자신을 지목하지나 않을까 싶어 그녀의 눈길을 피했다. 이윽고, 그녀의 눈동자가 한 곳에 고정되었다.

"바로 저 사람입니다."

그녀가 손가락을 쫘악 펴서 사람들 사이의 누군가를 지적했다.

"확실해요. 바로 저 사람이 불을 꺼뜨렸어요."

'설마……'

그녀의 손끝이 자신을 정확히 향하고 있는 것이 아닌가! 아무 생각 없이 여유 있는 자세로 서 있던 빈손은 처음엔 자신의 눈을 의심했다. 그러나 모든 사람들의 시선이 자신에게로 꽂혀 있는 걸 안 순간 뭔가 일이 크게 잘못 돼가고 있다는 걸 느꼈다.

'헉! 이건 무슨 소리야, 내가 지금 불을 꺼뜨렸다는 거야?'

노빈손은 자신은 신전 근처에도 안 가봤다며 소리치려고 했지만 너무 놀라서 말조차 제대로 나오지 않았다.

"어부부부……"

"역시 범인이 맞나 봅니다. 보십쇼. 당황해서 말도 제대로 못 하잖습니까?"

우얄라카노가 카이사로에게 속삭였다.

"그를 가만둬서는 안 됩니다. 천한 노예 주제에 얼굴 없는 검투사로 이름을 날리자 분명히 카이사로 님을 몰아내고 그 자리에 오르려는 음모로 이 같은 일을 저지른 것이 틀림없습니다. 뭘 망설이십니까. 어서 저 자에게 엄벌을 내리십시오!"

원로원 의원들을 비롯한 파티장 안의 사람 모두가 불을 꺼뜨린 빈손을 응징해야 한다며 한목소리를 냈다. 노빈손은 필사의 힘을 다해 항변했다.

"억울해요. 저는 신의 불이 어디 있는지 들어보지도 못했다구요. 아 맞다. 저는 그 시간에 대중목욕탕에 있었어요. 증인도 있어요. 목쉬네, 내 말이 맞지?"

그러자 목쉬네가 벌떡 일어서며 자신 있는 목소리로 말했다.

"전 이 사람이 누군지도 몰라요!"

위기감을 느낀 목쉬네는 노빈손을 외면했다.

"뭐? 목쉬네, 너!"

때를 놓치지 않고 우얄라카노가 외쳤다.

"보십시오, 이 순진한 시치미나와 저 특이하게 생긴 검투사 중, 누가 범인일 것 같습니까? 그리고 저 녀석도 얼굴 없는 검투사와 한 패거리입니다. 좀 전까지 둘이 붙어서 인사를 하고 다녔습니다!"

이상하게 돌아가는 분위기에 목쉬네가 당황하며 손을 내저었지만 사람들은 둘이 같은 패거리임이 확실하다고 고개를 끄덕였다.

"불을 꺼뜨려서 로마제국의 앞날에 음침한 그림자를 드리우게 한 이 곰팡이 같은 녀석들을 가만둬서는 안 됩니다."

고민하던 카이사로는 결단을 내렸다.

"불을 꺼뜨린 범인들을 끌어내 처단하라!"

카이사로의 명령이 떨어지자 보초를 서고 있던 병사들이 빈손과 목쉬네를 끌어냈다. 노빈손은 손가락 발가락에 힘을 꽉 주며 반항해 봤지만 소용없었다.

콜로세움에 오신 걸 환영해유!

로마, 속속들이 헤집고 다니기

안녕하십니까? 저희 콜로세움을 찾아주셔서 대단히 감사합니다.

여러분께서 보고 계신 콜로세움은 로마제국의 많은 원형경기장 중 가장 큰 규모를 자랑하며, 수준 높은 로마 건축 기술을 보여주는 기념비적인 건축물이라 할 수 있습니다.

80년에 티투스 황제가 개장한 저희 콜로세움은 약 5만 명의 관객을 수용할 수 있는 시설과 단 몇 분 안에 모든 사람이 빠져 나올 수 있도록 되어 있는 환상적인 설계 기술을 자랑하고 있습니다.

천장이 둥근 복도와 좌석에 이르는 계단을 기술적으로 이용, 1층 복도에만 출구가 80개이며 각 입구에는 관중을 좌석으로 안내하는 번호가 표시되어 있으니 참고하시기 바랍니다.

또한 원형경기장 꼭대기에 거대한 차일을 쳐서 따가운 햇볕을 가려 그늘지게 하였으며, 야간 경기 때는 대형 쇠 장식등을 달아 경기장을 밝혀 여러분들의 쾌적한 관람을 돕고 있습니다.

저희 콜로세움에 변함 없는 사랑 부탁드립니다. 그리고 이용시 불편한 점이 있으시다면 계속 쭉, 참아주시기 바랍니

콜로세움

다. 감사합니다!

오늘의 특별 이벤트
글씨 쓰는 아프리카 코끼리, 재주 넘는 곰 특별 출연.

옵션 해전도 가능.
무대를 물로 가득 채우고 검투사를 배에 태우면 해전도 가능함.

관람객 주의사항
콜로세움의 목적은 서로 싸우고 피 흘리는 모습을 즐기기 위해 만들어진 것임. 따라서 노약자나 임산부, 동물 애호가, 심장 약한 사람은 출입 금지.

검투사 주의사항
'죽음을 앞두고 우리는 당신에게 충성을 맹세합니다' 라고 외친 후 경기 시작할 것.

깊은 심연 속으로

읍읍.

커다란 자루 속에 갇혀 손과 발이 묶이고 입에 재갈까지 물린 빈손과 목쉬네는 어디인지도 모를 곳으로 가고 있었다.

찰방찰방~ 남실거리는 물소리가 들려왔다. 그렇다면, 물가라는 얘긴데……. 삐걱 소리를 내며 이들을 실어 나르던 수레가 멈춰 섰다. 잠시 후 자루의 주둥이가 열리고 잔비어스 백부장과 병사들의 얼굴이 보였다.

"마지막으로 할 말은 없느냐?"

"나……. 나 떨고 있니?"

빈손이의 입술이 파르르 떨렸다.

"아니, 아주 잘하고 있어!"

빈손이의 황당한 질문에 맞장구 친 자신이 쑥스러웠는지 잔비어스 백부장이 소리쳤다.

"뭐, 뭐야, 곧 죽을 녀석이 장난을 치다니!"

노빈손은 깜짝 놀라 잔비어스 백부장에게 물었다.

"네? 제, 제가 죽는다구요?"

"아직도 상황 파악이 안 됐나 보군. 그럼 뭐 하러 여기까지 힘들게 끌고 왔겠어?"

억울한 누명을 쓰고 게다가 과거도 잃어버린 채 한 떨기 수제비처럼 바다에 던져지다니 이건 분명 악몽이었다.

B.C. 3 ~ B.C. 2세기에 걸쳐 일어난 로마와 카르타고의 3차례 전쟁으로 지중해에서 세력이 커진 두 나라가 남이탈리아 도시의 지배 때문에 시칠리아에서 전쟁을 벌였어. 3차에 걸친 포에니 전쟁 중에서도 알프스를 넘어 로마에 침입한 한니발 휘하의 카르타고 군을 스키피오가 자마에서 격파한 2차 전쟁이 가장 유명한데 이 전쟁에서의 승리로 로마는 지중해 전체를 지배하며 대국으로 성장하게 돼.

"얼굴을 보니까 꿈인 줄 아나 본데, 절대 아니거든."

딱 잘라 말하는 잔비어스에게 목쉬네가 다급하게 애원하며 매달렸다.

"아저씨, 잠깐만요. 저는 정말 이대로 죽을 수 없어요. 중풍에 걸려서 제가 없으면 아무것도 못 하시는 어머님과 치매에 걸린 아버지가 절 목 놓아 기다리고 계시거든요."

"야, 목쉬네 뭐야? 치사하게 너만 살겠다는 거야?"

"치사해도 살아야겠다. 나 같은 아티스트가 뮤직비디오 한 번 못 찍어보고 밥숟가락 놓는다는 게 말이 되냐?"

"그럼 나 같은 꽃미남이 사라지는 건 괜찮고?"

"꽃도 꽃 나름이지. 머리에 가시밖에 남지 않은 녀석이."

턱! 턱! 턱!

잔비어스는 말없이 무거운 돌덩이들을 자루 속에 집어넣고 있었다.

"아저씨, 아니 백부장님, 지금 뭐 하세요?"

"너네 말하는 걸 들으니 물속에서도 입만 동동 뜰 것 같아서 바위 몇 개 넣었다. 자, 그럼. 바다의 신 넵투누스한테 안부나 전해라."

휙!

잔비어스의 명령이 떨어지자 병사들은 더 이상 얘기도 들어 보지 않고 자루를 냅다 바다 속으로 던졌다.

풍덩 소리와 함께 가라앉는 자루.

으아아아아악! 꼬르륵~.

비명을 지르는 입속으로 바닷물이 쏟아져 들어왔다. 눈, 귀, 콧구멍……. 구멍이란 구멍엔 순식간에 물이 들어찼다. 손을 묶고 있는 줄에서 벗어나기 위해 손목에서 피가 나도록 발버둥쳐 봤지만, 자루에 함께 넣은 무거운 돌이 빈손을 자꾸만 아래로 데려갔다. 목쉬네는 벌써 의식을 잃고 해초처럼 너울거리고 있었다.

'안 돼, 목쉬네. 정신 차려. 이렇게 갈 순 없어. 이렇게…갈… 순…….'

빈손의 정신도 점점 희미해지고 있었다.

특명, 신의 불을 찾아라!

"물에 퉁퉁 불은 자여~, 눈을 뜨거라!"

켁켁.

바닷물을 토해낼 때마다 한꺼번에 숨이 쏟아져 나왔다. 눈이 번쩍 뜨였다.

살았다, 살아난 것이다. 물에 잔뜩 불은 두 사람은 서로의 얼굴을 발견하더니 얼싸안고 다시 살아난 것에 감사했다.

"우리가 살았어, 살았다고. 어무이!"

"역시 신은 있다니까. 아부지!"

둘은 이산가족이라도 만난 것처럼 눈물을 터뜨렸다.

"고만 좀 해라. 나도 말 좀 하자."

어디서 많이 들어본 목소리였다. 그래, 이 목소리는 자루에 담겨 영원히 잠들 뻔한 빈손의 귓가에 울려 깨우던 바로 그 목소리였다. 빈손과 목쉬네는 생명의 은인을 쳐다봤다. 물기 어린 눈에 카이사로의 근엄한 얼굴이 보였다. 헛것이 보이나? 그렇지 않다면 카이사로가 어떻게 두 사람 앞에 나타났단 말인가?

"카, 카이사로 집정관님?"

"그렇다."

"그, 근데 여긴 어쩐 일로……."

"그게 생명의 은인한테 할 소리냐?"

최고의 문장가이자, 전쟁 전략가이며 카리스마 넘치는 정치가 카이사르에겐 빚이 1천 300달란트나 있었어. 이 돈은 군대를 1년 먹이고 남을 돈이었어. 이 많은 돈을 어디에 썼을까? 대부분은 공공사업에 썼지만 그의 수많은 애인들의 선물 값으로도 만만치 않았을 거야. 원로원 의원들의 부인까지 넘봤던 카이사르는 콧대 높은 클레오파트라도 무릎 꿇게 한 로마 최고의 매력남이었다구.

“정말 카이사로 집정관님께서 우리를 구해주셨단 말이에요?”

“그렇다. 보고도 못 믿나?”

“물고기 밥이 될 뻔한 저희를 구해주시다니 뭐라고 감사의 말씀을 드려야 할지. 그런데 이렇게 구해주실 거면서 왜 저희를 죽이라고 명령하셨던 거죠?”

“혹시, 우릴 두 번 죽이려고?”

노빈손과 목쉬네는 원망 반 살아난 기쁨 반으로 카이사로에게 괜한 투정을 부렸다.

“너희가 불을 꺼뜨리지 않았다는 걸 알고 있다.”

“네에, 뭐라구요? 아니 그럼 왜 저희를 물고기 밥으로 만들려고 하셨던 거예요. 왜, 왜, 도대체 왜?”

“그럴 수밖에 없었단다. 만일 너희를 그냥 두었다간 그들이 너희를 없애려 했을 테니까.”

“그들이라뇨?”

“원로원 의원들 말이다.”

자루에서 나온 노빈손에게 카이사로가 해준 얘기들은 도저히 믿기 힘든 것이었다.

“베스타 신전의 불은 꺼지게 되면 다섯 가지의 재앙이 일어나 로마제국이 멸망하게 된다는 이야기가 옛날부터 전해져 내려올 만큼 중요한 불이지. 로마제국의 번영을 위해서는 절대 꺼져선 안 돼. 그런데 원로원 의원들이 자신들의 이익을 위해서 그 불을 꺼뜨린 거야.”

세계 최초의 신문, 악타 디우르나
'악타 디우르나' 는 원로원 의사록쯤에 해당하는 거야. 이것을 처음 시행한 사람이 카이사르야. 그가 처음 집정관에 취임하던 기원전 59년에 시행한 제도로 원로원에서 이루어지는 어떠한 논의나 토론, 결의 등을 속기술을 이용해서 다음 날 아침에 로마 시민들이 볼 수 있도록 광장에 붙여 놓았어. 이것이 최초의 신문이야.

"말도 안 돼. 그렇게 귀한 불을 원로원 의원들이 왜요, 왜 꺼뜨렸다는 거예요?"

"내가 귀족에게 불리한 정책을 펴는 것을 못마땅하게 여겼기 때문이지. 그래서 불을 꺼뜨려 나를 집정관의 자리에서 끌어내리려 하는 거야. 간단하지?"

"별로 간단하지 않은데요."

"휴, 너희 머리는 액세서리로 가지고 다니는 거냐? 잘 들어. 자세히 설명해 줄 테니."

아직도 이해를 하지 못하는 둘을 위해 카이사로는 침을 튀겨가며 그들의 시나리오를 설명했다.

원로원 의원들이 준비 중인 가상 시나리오:
불이 꺼지면 => 날마다 재앙을 조작함 => 백성들 불안에 빠짐 => 로마 앞날, 매우 흐림 => 이것은 모두 카이사로 때문이라고 유언비어를 퍼뜨림 => 카이사로 인기 하락 => 이를 기반으로 야무진 반역 시도 => 정권 찬탈 성공 => 귀족들의 앞날, 매우 맑음

"아~ 그렇구나. 진작 이렇게 설명해 주셨으면 좋았잖아요."

"이제야 이해가 되는가?"

"그런데 그게 저희하고 무슨 상관이 있다고 원로원 의원들이 저희까지 죽이려 한 거죠?"

빈손의 질문에 카이사로는 진지하게 대답했다.

1년은 304일이야
현재 우리가 쓰는 양력 달력은 고대 로마에서 가져온 거야. 고대 로마에서는 1년이 10개월이었고, 총 304일로 이루어져 있었는데 한 겨울에 해당하는 11, 12월은 달력에 날짜 자체가 없었지. 그러니까 지금의 9 · 10 · 11 · 12월에 해당하는 September · October, November · December는 모두 각각 라틴어로 일곱 번째 달, 여덟 번째 달, 아홉 번째 달, 열 번째 달을 의미하는 거지.

"원로원 의원들 중 최고 실력자인 우알라카노는 질투심이 많은 사람이야. 그런 사람에게 시민들의 인기를 한 몸에 받고 있는 자네는 눈엣가시 같은 존재라고 할 수 있지. 그래서 이번 기회에 같이 제거해 버리자는 속셈이었던 거야."

카이사로의 얼굴은 세상의 근심을 다 짊어진 사람처럼 어두웠다.

"내가 자네를 구해준 건 기상천외한 방법으로 상대를 쓰러뜨리던 실력으로 보아 자네에게 예상 밖의 능력이 있을지도 모른다는 생각이 들어서라네."

노빈손은 눈을 말똥말똥 뜨고 카이사로의 다음 말을 기다렸다.

"부탁이네. 신의 불을 찾아와 다시 베스타 신전을 밝혀 주게나."

하지만, 신의 불이 어디에 있는지도 모르고 게다가 신의 불을 찾으러 가는 그 과정도 쉽지는 않을 것이라는 직감이 들어 노빈손은 퉁명스럽게 물었다.

"거절한다면요?"

"그렇다면……, 할 수 없지."

카이사로는 엄숙한 표정을 지으며 허리에 찬 칼을 뽑아들었다.

노빈손이 깜짝 놀라 뒤로 물러섰다.

"아, 저 그, 그게 아니구요!"

"나는 내 자리를 내놓으면 그만이지만, 로마 시민들을 불안에 떨게 할 수는 없어. 그러니 다시 한번 이렇게 부탁하겠네. 부디 신의 불을 구해와 주게. 그래서 로마 시민들을 원로원 의원들의 음모에서 구해주게."

카이사로는 자신의 목에 칼을 들이대며 노빈손이 거절하면 금방이라도 찌를 자세를 취했다.

'어? 날 죽이려던 게 아니었잖아? 십년감수했네.'

"아, 알았어요. 집정관님의 부탁을 받아들일 테니까. 이제 그만 그 칼 좀 저리 치우시라구요."

로마 시민을 진심으로 걱정하는 카이사로의 마음이 빈손의 마음을 움직였던 것이다.

"고, 고맙네. 그렇다면, 이제 자네들을 특수 원정 대원으로 임명하겠네."

오~ 특수 원정 대원!

이 말을 듣자 빈손의 가슴이 세게 방망이질을 하기 시작했다.

그래, 로마의 앞날이 아니 세계의 앞날이 나한테 달려 있다는데 천하의 노빈손이 당연히 나서야지.

"저의 두 어깨에 로마의 미래가 걸려 있다니……. 신의 불을 꼭 찾아와 로마의 평화를 지켜내겠어요!"

"고맙네, 정말 고마워. 자 그럼 어서 서둘러 신의 불을 찾아 떠나게나."

"네, 집정관님!"

황제의 보디가드, 근위대

근위대는 로마 황제의 개인 경호원들이야. 그들은 멋있는 제복을 입고 돈도 많이 받았으며, 로마 시 안에서 무장할 수 있는 유일한 병사였어. 그러니 근위대한테 잘 보이고 싶어 하는 사람들이 얼마나 많았겠어? 그들은 정치에도 개입하는 일이 많아서 칼리굴라의 보디가드는 황제를 암살하고 클라우디우스를 후계자로 삼기도 했어. 칼리굴라가 보디가드를 너무 믿었던 거지.

"아, 내가 말한 적이 있던가? 곳곳에 원로원 첩자들이 도사리고 있어서 자네들이 살아 있다는 사실이 알려지게 되면 원로원 의원들이 추격을 해 올 거라고. 뭐 어쨌든 안 들키면 되니까 조심해서 다녀오게."

"자, 잠깐, 아깐 그런 얘기는 안 했잖아요."

로마의 앞날이 걸려 있건 카이사로의 앞날이 걸려 있건 목쉬네에게는 상관없었다.

"난 안 갈래요. 원래 예술가들은 세상 일에 좀 무관심해야 멋있어 보이거든요. 그리고 보나마나 있는 고생 없는 고생 다 하게 될 텐데 뭐 하러 사서 그 고생을 해요?"

"그래, 네 말이 맞아. 어차피 넌 별로 도움도 안 될 거 같은데."

카이사로는 다시 자루를 벌렸다.

"들어가 줄래?"

"하하하! 언제나 여행은 예술가에게 새로운 영감을 주죠. 다녀오겠습니다."

그리하여 노빈손은 목쉬네와 함께 어디 있는지도 모르는 신의 불을 찾아 머나먼 여정에 오르게 되었다. 원정대 이름도 폼 나게 정해서. 이름하여 '신의 불 원정대'.

석양 속으로 사라져가는 원정대의 뒷모습을 바라보는 카이사로의 얼굴에 깊은 수심이 내려앉았다. 대부분이 원로원 의원들에게 매수되어 버린 지금. 제발 빈손이만큼은 자신의 믿음을 저버리지 않기를…….

못 말리는 신녀, 침발라

"여긴 대체 어디야?"

"베스타 신전이잖아. 모든 해결의 실마리는 바로 사건이 처음 발생한 그 장소에서 찾아야 한다고. 여기서 뭔가 단서를 찾을 수 있을지도 몰라."

노빈손은 마치 잘 훈련된 탐지견처럼 신전 이곳저곳을 킁킁거리며 돌아다니기 시작했다.

"수상한 냄새 같은 거 안 나냐? 킁킁킁."

못 말리는 녀석.

목쉬네는 그런 노빈손을 바라보며, 어쩌면 인생이 꼬이기 시작한 건 바로 이 녀석을 만나고부터란 생각이 들었다.

'생긴 것도 유별난 녀석이 어쩌면 하는 짓도 이렇게 유치 찬란할 수 있을까?'

호화로운 코린트식 기둥 20개가 원형으로 둘러싼 신전의 내부는 신성함과 아름다움으로 경탄을 금할 수가 없었다. 중앙에 놓인 재단에 불이 꺼지면서 생긴 검은 그을음만이 보기 흉하게 남아 있었다.

"그러고 보니 들은 적이 있는데……. 여기 신녀들이 그렇게 용하대. 그래서 웬만한 귀족들은 다들 한 번쯤은 들렀을 거라더군."

"신녀들은 신의 불을 지키는 사람들 아니야?"

로마의 건축양식

로마는 정복자로서 그리스와 소아시아 지역으로부터 수많은 조각, 구조물, 대리석 기둥 등을 약탈하여 그들의 호화스러운 맨션을 장식하고 로마의 권력과 영광을 기념하기 위한 거대한 구조물들을 만들었지. 로마인들은 에트루리아로부터 배운 원형 아치와 기둥에 그리스의 세 양식을 이용하여 건축물을 만들었는데, 나중에 로마만의 독자적인 돔으로 발전시켰어. 건축의 주재료는 석재, 콘크리트, 벽돌, 대리석 등이었어.

"물론 그렇지. 하지만 신탁을 받아서 다음 집정관이 누가 될지도 맞히고, 또 태어날 아기가 아들인지 딸인지, 언제 장가를 들게 될지도 알려준다고 하더라구."

목쉬네가 목욕탕 세신사 시절 사람들이 옹기종기 모여 나누던 대화를 생각해냈다.

"자신의 운명을 뭐 하러 무당한테 묻는다는 거야?"

"무당이라니?"

갑자기 신전 한쪽에서 쩌렁쩌렁 울리는 목소리가 들려왔다.

"으악, 깜딱이야."

목쉬네가 너무 놀란 나머지 혀 짧은 소리를 냈다.

"한여름 납량특집도 아니고 왜 귀신처럼 갑자기 등장하고 그래요? 휴~ 머리털이 다 섰네, 그냥."

노빈손은 놀란 머리카락이 뽑힐세라 조심스럽게 쓸어내렸다. 갑자기 나타난 여인은 시치미나와 같은 옷을 입고 있는 걸로 보아 베스타 신전의 또 다른 신녀인 것 같았다.

"무당이 아니라 신녀님이라고 해야 맞지. 우린 신의 불을 지키고 신의 목소리를 전하는 일을 하는 신성한 처녀들이니까."

거리가 멀어 얼굴은 볼 수 없었지만 신녀는 목소리만으로도 주변을 압도하고 있었다.

"오늘은 근무 시간이 끝났으니 내일 다시 오도록 해라. 가만가만, 너는 혹시…… . 신의 불을 꺼뜨렸다는 그 얼굴 없는 검투사?"

튼튼하고 견고하게
로마인이 처음 시작한 콘크리트법(이탈리아 지질이 화산질 지형으로 주위에 흔한 화산재와 석회석을 혼합)은 건축물을 매우 견고하게 하는 공법으로 근대에 부활되었어. 로마인이 만든 교량이나 도로는 전대의 어떠한 민족이 만든 것보다 뛰어났는데, 예를 들면 스페인의 세고비아의 수도라든지, 로마의 아피아 가도는 오늘날까지도 이용될 만큼 튼튼하지.

신녀는 노빈손의 얼굴을 알아보고 소리쳤다.

"웬일이니, 웬일이니. 정말 그 얼굴 없는 검투사잖아! 몰래 신전을 빠져나가서 사자 혀 밑에 바늘 꽂은 경기도 내가 봤잖아. 어머, 사인 좀 해줘. 정말 머리카락이 몇 개 없네."

신녀가 침을 튀기며 노빈손의 경기를 칭찬했다.

주근깨 난 얼굴에 채광이 잘 드는 콧구멍, 거기다 동그란 얼굴에 친숙한 단발머리. 왠지 친근해 보이는 이 여인의 얼굴.

'어디서 봤더라?'

빈손은 열심히 머릿속을 뒤적거렸지만 도저히 떠오르질 않았다.

그런데 왜 지금 이 순간 무지막지하게 침을 튀기며 수다를 떠는 이 신녀를 바라보고 있자니 가슴 한쪽이 쿵 하고 내려앉는지 모를 일이었다. 노빈손은 처음으로 자신이 기억을 잃어버린 게 다행인지도 모른다는 생각을 했다.

"혹시……. 우리가 서로 아는 사이인가요?"

노빈손은 조심스럽게 신녀에게 물었다.

"후후! 너무 뻔한 수법 아냐? 보는 눈은 있어서. 내 이름은 침발라. 날 사랑하지 마, 다쳐."

윙크하는 침발라를 바라보며 빈손은 심신이 암담해지는 걸 느꼈다. 신녀에게서 눈을 떼지 못하는 빈손을 보며 목쉬네가 말했다.

"너 취향 정말 특이하다."

로마에서는 국가의 중대사를 새 점으로 결정했다고 해. 새 점은 닭이 모이를 먹는 모양새를 통해 보는 점인데, 이를 보고 전쟁의 길흉도 점쳤다고 하니 좀 어이없지? 클라우디우스는 새 점을 치려고 했지만 닭장에서 나온 닭들이 전혀 모이를 먹지 않자 "안 먹으려면 마셔!" 하면서 닭들을 바다 속에 던져 버렸어. 그 결과로 로마 함대는 대패했어. 정말 닭들이 노했던 걸까?

노빈손은 정말이지 그녀에게 눈을 뗄 수가 없었다. 형태를 갖추지 못한 기억의 파편이 잠깐 스쳤으나 결국 그녀를 어디서 보았는지는 기억해내지 못했다.

"그런데 어쩌자고 불을 꺼뜨렸어. 너 때문에 지금 시치미나가 얼마나 고생을 하고 있는데."

"오해예요. 전 정말 안 그랬걸랑요."

"아니긴 뭐가 아냐. 당장 원로원 의원들한테 신고해야지. 중죄인을 잡았으니 상금도 두둑하겠지? 그 돈으로 쌍꺼풀수술이나 해야겠다. 호호. 거기 밖에 아무도 없……. 읍? 읍!"

침발라가 병사들을 부르려고 그 큰 입을 벌리자 위기감을 느낀 빈손이 순간적으로 몸을 날려 침발라의 입술을 자신의 입술로 막아버렸다. 곁에서 지켜보던 목쉬네는 눈이 휘둥그레지더니 신전의 기둥을 붙잡고 오바이트를 해댔다.

'비위도 좋은 녀석…….'

빈손은 지금 이 순간, '꼭 살아 돌아가야겠다!'라는 생각뿐이었다.

"아니, 그 완벽한 외모에 고치실 데가 어디 있다고 그러세요."

"어머, 너도 그렇게 생각하니? 사실 내가 생각해도 그래. 그래도 그렇지, 어떻게 내 허락도 없이 입술을……. 베스타 신녀들은 남자 친구를 사귈 수 없단 말이야."

말은 그렇게 하면서도 어느새 침발라는 살며시 두 눈을 감고 노빈손에게 다가와 입술을 쭈욱 내밀었다.

나랑 눈만 마주치면 바로 사면이야
베스타 신전의 여사제는 매우 신성시되었어. 그래서 사형수가 형장으로 끌려가다 여사제와 눈이 마주치면 그 자리에서 사면해 줄 정도였어. 그러나 불을 꺼뜨리거나 순결을 잃으면 혹독한 징벌을 받았는데 '악의 들판'이라는 곳의 토굴 속으로 쫓겨나 빵 한 조각과 등잔 하나와 함께 생매장 당했어.

빈손이는 살짝 침발라를 밀어냈다.

"미, 미안하지만 지금은 여기서 지체할 시간이 없어요. 당장 해결해야 할 일이 있어서요."

"어머, 그래? 그럼 여긴 왜 온 거야?"

"그게 신의 불을 찾아오려고 하는데 어디 가야 찾을 수 있을지 알 수 없어서……."

"그래? 그렇다면 서방님을 위해서 내가 특별히……."

"자, 잠깐만요. 서 서방님이라니요?"

등에서 식은땀이 흐르는 것을 느꼈다.

"내 입술을 훔쳤으니 책임져야 할 거 아냐? 신탁을 받아야 하니까 일단 저리로 비켜 서 있어."

'정말이지. 전생에 무슨 죄를 지었기에…….'

빈손은 생각지도 않은 혹이 붙은 거 같아 불안했다. 목쉬네가 그런 노빈손의 귀에 대고 속삭였다.

"햐, 얼굴 없는 검투사 인기 폭발이구나. 둘이 정말 환상의 커플이다."

목쉬네가 노빈손을 놀리는 사이, 침발라는 어느새 신탁을 받을 준비를 마치고 있었다.

"베스타 여신님. 여기 어린 양들이, 아니다 서방님께서 신탁을 받고 싶답니다. 제가 비록 오늘부터 지아비를 둔 몸이 되었지만 그동안의 정을 생각하셔서서 원하는 신탁을 내려주옵소서."

로마의 멸망 원인은 납중독 때문이다?
실제로 길피란은 로마 제국 시대의 인골을 수집하여 납 분석을 의뢰했더니 부유 계층에게서 납중독의 증상을 발견했다고 한다. 당시 납중독의 주요 원인은 포도주와 저장된 과일 등이었는데 맛을 좋게 하기 위해 납을 넣었다고 한다. 또한 납으로 만든 로마의 수도관도 주요 원인이었는데 수도관을 지나는 물을 마신 로마 사람들은 납에 쉽게 중독되었다고 한다. 결국 이런 만성납중독으로 뇌까지 손상되어 로마 제국이 멸망했다는 것이다. 물론 가설이다.

그녀는 양팔을 벌려 뭔가를 들리지 않게 웅얼거리기 시작
했다. 그 웅얼거림이 조용한 신전 안에 울려 퍼지자 신전은
좀 전과는 전혀 다른 공간이 열리기라도 한 것처럼 신성함이
가득 차오르는 것 같았다.

갑자기 침발라가 번쩍 눈을 떴다. 침발라의 눈 속에 더 이
상 침발라는 없고 대신 다른 사람이 그녀의 몸속으로 들어와
앉은 것 같았다. 그리고 입을 열기 시작했다.

"가슴이……, 가슴이 여러 개 달린 여자를 찾아라."

목쉬네와 노빈손은 신탁의 내용을 이해하지 못해 눈만 깜
빡거렸다.

"가, 가슴이 여러 개 달린 여자라뇨? 그런 사람이 어디 있
어요?"

"엥? 미성년자 청취 불가 신탁 아냐. 무슨 이런 야한 신탁
이 있어?"

"그런 사람을 어디서 찾아요? 그런 사람이 있긴 있어요?
그렇다면, 어딜 가야 만날 수 있는지 알려주세요!"

빈손은 이때가 아니면 영영 모를 것 같은 불길함에 마구
질문을 퍼부었지만, 침발라의 목소리는 어느새 원래의 그것
으로 돌아와 있었다.

"더 이상은 가르쳐 줄수 없어. 근무 시간이 지나면 신탁을
받기 힘들거든. 어머, 왜 그렇게 이글거리는 눈으로 날 쳐다
보는 거야, 자기!"

빈손은 몸이 얼어붙는 것 같았다.

'자, 자기라고!'

"목쉬네야, 가자. 더 이상 알 수 없다잖아."

빈손은 일 분 일 초라도 빨리 자리를 뜨고 싶었다. 두 사람
이 신전을 막 빠져나가려고 하는데 다시 침발라의 목소리가
들려왔다.

"아참, 깜박했는데……. 신의 불을 찾는 길이 곧 서방님의
과거를 찾는 일이라고 하셨어."

'뭐, 나의 과거를 찾는 일이라고? 잠깐! 과거를 기억 못 한
다는 걸 침발라에게 말한 적이 없는데…….'

그렇다면, 그녀는 사이비가 아니라 진짜 신녀였단 말인

가? 그런 그녀가 지금 빈손에게 '신의 불을 찾는 것이 잃어버린 기억을 찾는 길'이라고 말한 거고?

그렇게 알고 싶어하던 과거를 찾을 수 있는 길이 있었다니……. 노빈손은 어두운 터널 속에서 한줄기 밝은 빛을 발견한 것처럼 흥분되어 심장이 요란하게 고동쳐 옴을 느꼈다.

'신의 불만 찾으면 모든 것이 해결된단 말이지.'

노빈손은 흥분된 마음으로 서둘러 신전을 나섰다.

"뭐 해? 신의 불을 찾으려면 서둘러야지."

"성격도 급하셔. 여행을 가려면 준비를 좀 해야지. 우리 예술가들은 악기를 내 몸처럼 여긴다고. 목욕탕에 두고 온 내 분신과도 같은 리라도 챙겨야 하고, 잠옷이랑 베개도 가져와야 해. 내가 워낙 섬세한 체질이라 잠옷을 안 입으면 잠이 안 오거든."

"그게 섬세한 거냐, 성격 이상한 거지? 하긴, 나도 히딩쿠스 감독님한테 인사하고 와야겠어. 걱정하실 테니까. 그럼 내일 아침 일찍 포룸(광장)에서 만나 출발하는 걸로 하자. 알았지? 너 늦지 마."

노빈손의 걱정에 목쉬네가 콧방귀를 뀌며 거만하게 말했다.

"우리 예술가들은 신용 하나로 먹고 산다고. 댁이나 늦지 마슈."

카이사르 주변 인물 생생 인터뷰
"카이사르, 그는 누구인가?"

로마, 속속들이 헤집고 다니기

▶ **본명** 율리우스 카이사르(Julius Caesar, 영어명 '줄리어스 시저')

▶ **연대** B.C 100 ~ B.C 44

▶ **직업** 고대 로마 공화정 말기 군인, 정치가

▶ **좌우명** 모든 길은 로마로

▶ **특기** 웅변, 글쓰기(갈리아 전기 8권, 내란기 3권 집필)

▶ **싫어하는 숫자** 3, 15(3월 15일에 암살당함)

▶ **유행어** "주사위는 던져졌다.", "왔노라. 보았노라. 이겼노라."

▶ **신체 특징** 외모에 대한 자부심이 남다름. 그러나 머리 때문에 콤플렉스
도 남다름(대머리에 가까울 만큼 머리숱이 적어 늘 월계관을 쓰고 다녔
다. 카이사르는 항상 챔피언이었던 셈이다.)

▶ **관심 분야** 주사위, 월계관, 예쁜 여자(한때 클
레오파트라와 스캔들 난 적이 있음)

카이사르에 관한 한 여러 사람이 상반
된 진술을 하고 있다. 과연 어떤 것이
진실일까? 그 판단은 여러분에게 맡
기도록 하겠다. 이후 진행되는 인터
뷰는 음성 변조와 모자이크 처리를
하여 해당 인물들의 신변을 철저
히 보호했다.

카이사르 동상

그는 황제를 꿈꾸는 독재자였다
(원로원 의원들 중 익명을 요구한 사람)

"다들 속고 있어. 인기에 연연해서 괜히 시민들에게 잘 보이려고만 했지 그는 독재자야, 독재자. 원로원 의석을 늘려 자기 부하나 군대 동료를 앉히고, 외국인한테 시민권을 주고. 이게 다 자기한테 표가 오게 하기 위한 수작이라니까. 그렇게 권력에 욕심 없다는 인간이 종신 독재관으로 스스로를 임명한다는 게 말이 돼? 결국 죽을 때까지 혼자 황제 노릇하겠다는 거 아니겠어? 동전에 자기 얼굴을 새겨 넣지 않나, 유피테르(제우스) 신전 입구에 왕들의 입상 사이에 자기 입상을 끼워 넣질 않나, 조국의 아버지라고 불러 달라고 하질 않나, 영락없는 독재자야. 원로원 의원들이 그를 말리지 않았으면 틀림없이 공화정이고 뭐고 뒤엎고 황제가 되겠다고 설쳤을 거야. 카이사르한테 내가 말했다고 절대 말하면 안 돼. 알았지?"

충격 증언, 카이사르도 알고 보면 신용불량자였다!
(크라수스의 증언)

"카이사르는 젊었을 때부터 얼마나 빚을 지기 좋아했는지 몰라. 남의 돈을 자기 돈처럼 썼다니까. 서른 살이 되기도 전에 빚이 무려 1,300달란트였어. 1,300달란트면 10만이 넘는 병력을 1년 동안 유지할 수 있는 거금이었다고. 사실 모두들 가문 좋고, 인물 좋고, 건장하고, 말솜씨 좋고 미래가 촉망되는 젊은이한테 돈을 빌려주는 건 훌륭한 투자라고

생각했어. 나중에 한몫 잡으면 몇십 배로 갚아주겠다고 큰
소리도 치고 말야. 그런데 왜 그렇게 자꾸 돈을 빌려줬냐
고? 말도 마. 사실 카이사르가 진 빚의 금액이 엄청나게 커
져서 사람들은 그가 파산할까봐 두려워 돈을 더 빌려줘야
했던 거야. 파산하면 아예 돈을 못 갚을 거 아냐. 그는 관직
에 오른 다음에도 자기 재산은 늘리지 않고 남의 돈으로 공
공사업을 벌이고 마치 자기 돈처럼 정치에 쓰고 다녔다니
까. 이거 정말 모자이크 처리 되는 거지? 카이사르가 소심
해서 인터뷰한 걸 알았다간 날 가만히 안 둘 거야."

탁월한 군인, 로마 군대 전체의 존경을 받다
(로마 군대의 한 병사)

"카이사르 님은 정말 탁월한 군인입니다. 우리 모두 카이사
르 님을 얼마나 존경한다구요. 원래 로마 군에 입대하려면

자신들이 무기며 갑옷까지 마련해야 했었는데, 카이사르 님
은 입대하기만 하면 월급도 주고 무기나 갑옷도 국가에서
마련해 주도록 했다는 거 아니겠습니까. 거기다 통솔력이
얼마나 뛰어나신지 아프리카 출병을 앞두고 제10군단 병사
들이 파업을 일으킨 적이 있었습니다. 느닷없이 제대를 시
켜 달라면서 말이죠. 사실 그들은 마지막 전쟁을 앞두고 확
실히 포상을 챙기려고 했던 겁니다. 그러자 카이사
르 님은 아무것도 묻지 않고 "제대를 시켜주겠다"고
말해서 나중에 놀란 병사들이 울면서 잘못했다고
매달렸다는 거 아닙니까? 거기다 해적한
테 붙잡혔을 때도 전혀 겁먹지 않았
다고요. 그는 정말 대단해요. 카
이사르 님과 함께라면 언제나
승리가 함께하죠."

3

사라진 목쉬네

다다다!

하늘 한구석이 밝아오자마자 튕기듯 일어난 노빈손은 단숨에 광장을 향해 내달렸다.

그는 전날 밤 한숨도 잠을 이룰 수가 없었다. 검은 베일에 가려진 자신의 과거와 마주할 생각에 가슴이 쿵쾅거렸다. 한참을 뒤척인 후에야 겨우 얕은 잠이 든 빈손이기에 온몸이 뻐근했지만, 그게 무슨 대수랴. 이제껏 그렇게 궁금해하던 과거를 알 수 있다는데…….

노빈손은 히딩쿠스에게 자신이 살아 있음과 신의 불을 찾아 먼 길을 떠나지만 걱정하지 말라는 내용의 그림 편지를 남겨놓고 포룸까지 한달음에 달려 단숨에 도착했다. 너무 일찍 나온 탓일까? 목쉬네의 모습이 보이지 않았다. 가게들도 아직 문을 열지 않았고, 오고가는 인적도 드물어 항상 시끄러웠던 비쿠스유가리우스(법률가들의 거리)가 맞을까 싶은 생각이 들었다. 이따금 곱슬머리를 한 여자들이 종종 걸음으로 빈손의 앞을 지나쳤다. 그중에는 암포라(그리스 그릇의 일종)를 머리에 인 여자들도 보였다.

빈손은 신탁의 내용이 생각나 암표장사처럼 그녀들에게 조심스럽게 다가가 은밀하게 물어보았다.

"저기요, 혹시 가슴이 몇 개예요?"

84

곱슬거리는 머리는 최첨단 유행

로마의 여성들은 머리카락을 최신 유행에 따라서 곱슬곱슬하게 말거나, 땋아 내리거나, 말아 올려 핀으로 고정했어. 그 때문에 가짜 머리카락 장식과 가발은 로마 여성들에게 언제나 인기였지. 신부는 결혼식을 올릴 때 가짜 머리카락을 여섯 겹 이상 말아 올렸대. 생각만 해도 머리가 무거워져 오지? 검은 머리카락은 아시아에서, 금발이나 붉은 머리카락은 북부 유럽에서 들여왔어.

"시간이 괜찮으시면 가슴 좀 볼 수 있을까요?"

찰싹!

되돌아오는 거침없는 그녀들의 따귀 세례에 빈손의 얼굴은 빨간 고무장갑을 붙인 것처럼 벌겋게 부어올랐다.

"이럴 줄 알았어. 목쉬네 녀석. 이렇게 중요한 날 늦잠을 자다니……. 진작에 모닝콜이라도 해주는 건데. 가만, 모닝콜? 모닝콜이 뭐지? 가끔 나도 모르는 소리를 한단 말이야. 얼른 기억을 되찾아야지, 원."

조급한 마음에 빈손이는 제자리를 빙빙 돌며 어서 목쉬네가 나타나기를 기다렸다.

그러기를 얼마간, 하늘은 이제 더 이상 새벽의 모습이 아니었다. 눈부신 해가 완전히 모습을 드러내자 카우포네(로마의 음식점이나 술집) 상인들이 상점의 문을 열고 손님맞이 준비에 한창이었다. 포룸으로 모여드는 사람도 하나 둘씩 늘어나 어제의 활기를 다시 찾고 있었다.

"대체 어떻게 생겨먹은 녀석이야? 해가 중천에 뜨고 나서야 나올 모양이지?"

노빈손은 기다림에 지쳐 씩씩대며 목쉬네가 일하는 공중목욕탕을 찾았다. 부지런한 다미러가 마침 콧노래를 흥얼거리며 목욕탕 청소를 하고 있었다.

"다미러 아저씨, 목쉬네 좀 깨워주세요. 무슨 애가 그렇게 잠이 많담. 아침형 인간이 되려면 아직 멀었다니까."

"목쉬네? 그 시끄러운 녀석이라면 떠났는데……."

"네? 그게 무슨 말씀이세요. 오늘 포룸에서 만나기로 저랑 분명히 약속했는데. 어딜 갔다는 거예요?"

"말도 마, 그 녀석! 그동안 자기가 예술가네 뭐네 하면서 빈둥거리며 얼마나 내 속을 뒤집어 놓았다구. 노예시장에서 그 녀석을 사온 것이 내 일생 일대의 실수라니까. 그런 녀석이 어디로 사라졌다가 오랜만에 나타나서는 무슨 불을 구하러 가야 한다고 건방을 떨길래 팔아버렸어."

"뭐, 뭐라구요?"

순간 노빈손의 다리가 휘청했다. 신의 불 원정대가 결성된 지 하루도 안 되어 해체될 위기에 처한 것이다.

몸속에서 뭔가 출렁이는 것 같아 벽을 짚고서야 간신히 중심을 잡았다. 조금 전까지만 해도 잃어버린 기억을 되찾을 수 있을 거라는 꿈에 부풀어 있었는데 난데없이 목쉬네가 사라지다니……. 미우나 고우나 이곳에 함께 떨어진 친구로, 또 노빈손이 어디에서 왔는지 알고 있는 유일한 사람이 바로 목쉬네였는데……. 생각지도 못한 일에 빈손은 너무나 당황스러웠다.

"그 부실한 녀석에게 그렇게 못할 짓을 하시다니. 어디로, 어디로 팔아버리셨는데요?"

"지금쯤 아마 피말리오 장군이 이끄는 로마 부대에 있을걸?"

"피말리오 장군이라구요?"

"그래, 장군인지 서커스 단장인지……. 아무튼 그 장군이 어제 우리 목욕탕에 왔다가 자기 노예로 쓰겠다며 팔라고 해서……. 그런데 무슨 일로 아침부터 그 영양가 없는 녀석을 찾는 거냐?"

"아, 아니에요. 그나저나 그 피말리오 장군이 이끄는 부대가 어디쯤 갔을까요?"

"글쎄다. 아마 멀리는 못 갔을 텐데. 북쪽 방향으로 가보렴. 무슨 알프스 산을 넘을 거라고 했으니까."

"북쪽 방향이요?"

머리를 긁적이며 서 있는 노빈손을 다미러가 한심한 표정으로 바라보았다.

"이 무식한 녀석. 잘 봐. 이렇게 두 선을 만나게 그린 다음에 막대기를 그 위에 세우면. 어때 그림자가 지는 쪽이 보이지? 이쪽이 서쪽이야. 그러니까 북쪽은……."

"아, 알겠어요. 아저씨!"

다미러의 설명이 끝나기도 전에 노빈손은 달리기 시작했다.

'이상하다. 웬지 예전에 이런 걸 잘알고 있었던 느낌이 드네. 어쨌든, 목쉬네도 어지간히 속 썩인다니까. 그냥 모른 척하고 나 혼자 신의 불을 찾아 나서버려? 아니야. 그래도 하나밖에 없는 예술가 친구를 외면하는 건 사나이 빈손이가 할 짓이 아니지. 아마 난 기억을 잃어버리기 전에 엄청 의리 있고 멋있는 사람이었을 거야. 틀림없어!'

노예의 분류
로마에 들어온 고급 노예들은 사치품 가게에서 매매됐는데, 남자 노예는 지능과 학식 수준에 따라, 여자는 미모·태도·재주에 따라 가격이 매겨졌대. 최상의 노예는 별 볼 일 없는 노예의 12배 정도나 값이 나갔는데 한 문법 학자는 몸값이 큰 농장 가격 정도였다고 해.

노빈손은 자신이 너무 많이 늦지 않았기를 바라며 열심히 다미러가 가리킨 방향으로 달려갔다.

'기다려, 목쉬네. 이 노빈손이 로마 군대에서 너를 빼내줄게.'

준비된 반역자들

같은 시각, 우얄라카노의 비밀 방.

밖은 환했지만 검은 커튼이 드리워진 방 안은 짙은 어둠 속에 모습을 감추고 있었다. 두꺼운 커튼 사이를 비집고 들어오는 한줄기 빛만이 어둠을 비추고 있었다.

어둠 속에 묻혀 있는 공간의 구석에서 조심스럽게 소곤거리는 목소리들이 들려왔다.

"지금쯤 카이사로는 역기 들고 바늘방석에 앉아 있는 기분일 겁니다. 까르르르~."

아라리우스의 말에 원로원 의원들의 웃음소리가 높아지자 우얄라카노가 주의를 주었다.

"쉿! 아직은 웃을 때가 아니오. 샴페인을 일찍 터뜨렸다 망한 이야기 못 들어봤습니까? 이제부터가 정말 중요합니다."

우얄라카노의 꾸짖음에 원로원 의원들은 바짝 긴장했다.

"우얄라카노 님의 계략으로 신의 불도 꺼졌고 그 특이하게 생긴 녀석도 제거했는데 무슨 걱정? 엄살 아닙니까?"

로마의 저택은
어떤 모습이었을까?
로마의 부유한 저택의 외형은 대부분 소박해 보였지만, 안은 정교한 벽화와 복잡한 모자이크로 화려하게 장식해 놓았어. 방에는 침상이나 침대, 긴 의자, 접는 걸상 같은 가구들이 갖추어져 있었고, 창문은 없었지만 천장이 높고 문이 넓어 바람이 잘 통했지. 아트리움이라고 하는 복도 아래에는 빗물을 모으는 작은 연못이 있고, 집 뒤쪽으로는 작지만 잘 꾸며진 정원이 있었어.

"그러니까 더 조심해야 한다는 것입니다. 너무 쉽게 풀리는 거 같아서 영 찜찜한 것이⋯⋯. 그 교활한 카이사로가 그냥 앉아서 당하기만 할 인물입니까?"

로마 토지를 가장 많이 소유한 우알라카노는 이번 반역의 핵심 인물로, 시민들에게 유리한 정책을 편 카이사로 때문에 많은 경제적 손실을 입었다.

'얼마나 힘들게 마련한 땅들인데 겨우 땅값 올려놨더니만⋯⋯.'

다른 원로원 의원들도 자신들의 입지와 이해관계를 지키기 위해 카이사로를 몰아내기 위한 음모에 적극 동참하였는데, 이는 로마 건국 이래로 최고의 단결심을 보여주는 것이었다.

"자, 그럼 이제 슬슬 두 번째 작전에 들어가도록 합시다."

"두 번째 작전이라⋯⋯. 오~ 계모임할 때처럼 흥미진진해 집니다. 어떤 작전인지 말씀해 주시죠."

"이번 작전은 심리전이라고 할 수 있습니다. 신의 불이 꺼지면 대 로마제국에 큰 재앙이 일어날 거라는 전설. 여러분도 한 번쯤은 들어보셨겠죠?"

"신의 불이 꺼지면 강물이 피로 붉게 변하고, 하늘에선 개구리 비가 내리고, 바위가 비 오듯 땀을 흘리며 마지막으로 화산이 폭발해 세상이 어둠으로 뒤덮이게 되리라⋯⋯. 뭐 이런 내용이었죠?"

임대주택사업은 로마가 최초

64년 7월, 로마에 큰 화재가 나게 돼. 9일간의 대 화재로 팔라티노 언덕과 첼리노 언덕의 모든 건물들이 파괴되지. 때마침 아프리카에서 불어온 남서풍 때문에 피해가 더 컸어. 당시 폭군 네로는 정부의 힘만으로는 시민들에게 집을 지어줄 수 없다고 생각해서 원로원 의원들을 끌어들이게 되었고 의원들은 인술라(평민들의 연립주택)라는 5~6층짜리 공동주택을 지어서 로마 시민들에게 보급하여 짭짤한 재미를 보았어.

걱정시리우스가 기억을 더듬으며 전설을 이야기했다.

"어머어머, 웬일이니. 너무 재미있다. 그래서요, 어떻게 된대요?"

"이게 끝인 걸로 알고 있는데……."

"에이, 끝이 시시하당~. 제가 진짜 재미있는 옛날이야기 들려줄까요? 까르르~. 전에 들었던 이야기인데……. 옛날에 곰 한 마리가 숲에서 응가를 했는데 휴지가 없더래요. 그래서 어떻게 했게~요? 아, 글쎄 지나가는 토끼를 잡아다가 엉덩이를 닦았다지 뭡니까. 까르르. 재미있죠? 재미있죠? 에이 괜히 웃긴데도 안 웃으려고 참는 거죠? 다 알아요!"

원로 회의장은 어느새 아라리우스와 함께하는 구연동화장으로 변했다.

도대체 이런 사람들을 믿고 어떻게 반역을 꾀한단 말인가? 우얄라카노 입에서 저절로 한숨이 나왔다. 하지만 카이사로를 몰아내기 위해선 이 덜떨어진 원로원 의원들의 힘이 반드시 필요했다.

"뭣들 하시는 겁니까? 도대체 이래 가지고 우얄라카노?"

책상을 두드리며 호통을 치는 우얄라카노의 눈치를 보며 침묵을 지키고 있던 느끼리우스가 말문을 열었다.

"그 종말의 징후들을 연출하자는 말씀입니까?"

"그렇소, 바로 그거요. 이제부터 그 징후들을 하나하나 실천하는 겁니다. 바로 우리가!"

그러자 걱정시리우스가 걱정스럽게 이의를 제기했다.

"그럼 시민들이 불안해서 아우성칠 텐데……."

"참나, 불안해하라고 이런 짓을 하는 거 아닙니까. 그때 우리는 신의 불이 꺼지도록 방치한 카이사로한테 책임을 돌리고, 결국 시민들에게 원성을 듣는 카이사로는 자리에서 물러나게 되는 것이죠. 하하하."

"좋은 생각이긴 한데……. 만약 그랬다가 정말 로마에 종말이 오면?"

"그건 다 옛날이야기에 불과하다구요. 여러분도 어리석은 시민들처럼 그 말을 믿는 건 아니겠죠?"

느끼리우스가 걱정시리우스의 걱정스러운 우려를 일축했다. 소심한 걱정시리우스는 얼른 말을 바꿨다.

"당연히 안 믿죠. 저도 그렇게 생각하고 있었습니다. 하하."

"각오해라, 카이사로. 잠자는 하이에나의 귀지를 파면 어떻게 되는지 보여주마."

우얄라카노의 입가에 비열한 미소가 번지고 있었다.

"이번 거사만 성공하면 우리 모두 한몫 단단히 챙겨서……. 험, 아니 이게 다 로마제국의 발전을 위해서니까 꼭 성공하도록 합시다. 유피테르 신께서 함께하실 거요."

비장한 얼굴로 서로를 돌아보며 고개를 살짝 끄덕이는 의원들. 손을 모으고 조용히 외쳤다.

"브라보!"

도시 국가로 탄생한 로마의 주권자는 지식층의 대표인 원로원과 시민이었어. 그래서 원로원이 탄핵결의안을 채택하거나, 시민들이 콜로세움에서 격렬하게 야유를 퍼붓거나, 로마 군단이 충성 서약을 거부하면 황제는 쫓겨나야만 했지. 그러나 황제들의 반발도 만만치 않아 암살당하기도 했어.

군대인가 서커스단인가?

스윽스윽!

노빈손은 먼저 검투사 시절의 자신의 모습을 알아보는 사람이 없도록 정성스럽게 변장을 시도했다. 양쪽 귀 밑에 굽실거리는 구레나룻을 붙이고, 가슴에 야성미 넘치는 털도 붙여 정성스럽게 빗질로 다듬었다.

'이만하면 누구도 못 알아보겠지? 캬하, 그래도 잘생긴 얼굴은 가려지지가 않는군.'

그렇게 철저하게 변신한 다음 목쉬네가 있는 로마 부대를 향해 아무도 모르게 스물스물~ 접근해 갔다. 노빈손은 바닥에 바짝 엎드려 오로지 팔꿈치의 힘만으로 기어갔다. 되도록 소리나지 않게 숨 죽이며 배추벌레처럼 앞으로 향하면서도 간간히 고개를 들어 전방의 로마 군 부대의 동태를 살폈다.

언덕 위에서 내려다본 로마 군대는 일사분란하게 움직이고 있었다. 어떤 상황에서도 흔들림 없는 대형을 유지하며 행진을 연습하는 병사들이 있는가 하면 무기를 정비하는 병사들도 있었다. 다른 한쪽에서는 부대 주변에 적의 기습 공격을 막기 위한 해자를 파고 있는 병사들도 보였다.

한때 유럽 대륙을 평정한 로마 병사들답게 용감무쌍한 모습들이었지만, 노빈손은 뭔가 다른 느낌을 받았다.

"저, 저게 뭐야? 코끼리잖아."

자신의 눈이 의심스러워 몇 번이나 눈을 부비고 봤지만 정말 코끼리였다. 수십 마리의 코끼리 떼가 부대 병사들의 지시에 따라 훈련을 하고 있었다.

"뭐야, 군대가 아니라 서커스단인가?"

일제히 코를 쳐들고 요란한 소리를 내는 코끼리는 웬만한 서커스보다 훌륭한 볼거리를 제공하고 있었다. 코끼리 등 위에 올려진 상자에는 사람이 들어앉아 코끼리를 조종했고, 코끼리의 얼굴에는 화려한 장식들이 되어 있어 코끼리가 한층 신비스럽게 보였다.

"목쉬네를 구출하는 일이 쉽진 않겠는걸. 그냥 혼자서 신의 불을 찾으러 가야겠다."

빈손은 자리에서 일어나 옷에 묻은 먼지를 툭툭 털어내고 뒤돌아 걸음을 옮겼다.

"에휴~ 그 눔의 정이 뭔지~!"

이때 옆구리에 차가운 금속이 와 닿는 것이 느껴졌다.

"웬 놈이냐?"

고개를 돌리자 정찰병으로 보이는 병사가 노빈손을 향해 두 눈을 부릅뜨고 있었다. 허리에는 그의 창끝이 닿아 서늘함이 느껴졌다. 잘못하면 옆구리에 구멍이 생길지도 모르는 상황이었다.

"딱 걸렸어. 여기서 우리 부대를 정찰하고 있었던 거지? 말로만 듣던 갈리아 군이 틀림없군."

로마 군에 웬 코끼리?
사실 포에니 전쟁 이전까지는 모든 로마 부대는 보병이 전부였어. 전쟁 이후 로마 군의 핵심을 이룬 중장보병은 형태에 변화는 있었지만 주요 특징은 크게 변하지 않았어. 공화제 초기를 제외하면 모두 금속제 갑옷을 입고 방패를 들고 필룸이라는 투창을 들었으며 허리에는 글라디우스라 불리는, 날폭이 넓고 짧은 검을 지녔는데 이는 에투루리아 군대에 뿌리를 두고 있다고 해.

"저, 저기요. 저는 갈리아 군이 아니라 유명한……."

빈손은 자신의 정체가 탄로나면 안 되는 것을 알면서도 유명한 검투사라는 사실을 밝힐 뻔했다.

"왜 말을 하다 말지? 첩자가 분명하구나. 갈리아 군이 특이하게 생겼다는 건 알고 있었지만 이 정도로 특이하게 생겼을 줄이야. 너는 묵비권을 행사할 권리가 있고 변호사를 선임할……. 에잇, 아무튼 손 들어!"

"무슨 일인가?"

쿵 쿵 쿵 쿵.

흰 코끼리가 이쪽으로 오고 있었다. 흰 코끼리 등 위에는 군대의 우두머리로 보이는 남자가 타고 있었고 몇몇의 병사가 뒤따라오고 있었다.

빈손에게 창을 겨누던 남자가 재빨리 그에게 "충성!" 하며 경례를 하였다.

"저희 부대를 염탐하던 녀석을 잡았습니다!"

"그래? 감히 우리 부대를 훔쳐보고 있었단 말이지?"

노빈손은 재빨리 뭐라고 대답해야 할지 잔머리를 굴렸다.

"피, 피말리오 장군님의 병사가 되고 싶습니다!"

노빈손은 자신이 한 대답에 자신이 더 놀랐다.

'아, 이 타고난 순발력을 누구에게 탓한단 말인가!'

호랑이를 잡으려면 호랑이 굴에 들어가야 하는 법. 목쉬네를 만나려면 군에 입대하는 것이 가장 좋은 방법이리라.

"뭐? 나의 병사가 되고 싶다고?"

'아니, 그럼 이 남자가 피말리오 장군? 크크크. 제대로 찾아왔군.'

"꼭 가고 싶습니다!"

노빈손은 단호하게 대답했다.

"음. 패기 넘치는 모습이 꼭 나의 젊은 시절 같군. 좋네. 자네의 그 늠름한 모습이 마음에 들었네."

남자는 노빈손을 보면서 자신의 젊은 시절을 그리는지 감회에 젖어들었다.

"난, 피말리오 한니발 주니어 3세. 다들 간단히 피말리오 장군이라고 부르지. 카르타고의 명장 한니발이 바로 나의 우

상이야. 비록 적군이긴 하지만 꼭 한니발처럼 이름을 날리는
게 내 꿈이라서 이름도 개명했지. 좋다, 내 특별 권한으로 자
네를 내 부하로 받아들이겠네."

그러나 병사들은 피말리오의 결정을 달가워하지 않았다.

"장군님! 아니 됩니다. 이 녀석은 분명 적의 첩자입니다!"

"늑장부리우스 장군. 우리 내기할까요? 만약 장군이 적의
장군이었다면 이렇게 쉽게 눈에 띄는 녀석을 첩자로 보내시
겠소?"

'아, 그렇구나!'

피말리오의 반문에 늑장부리우스 장군은 이의를 제기할
수 없었다.

"감사합니다, 피말리오 장군님."

"자네 외모가 워낙 특이해서 중요한 임무는 못 맡기겠군.
좀 눈에 띄는 외모라야지. 그래 좋았어. 우리 부대의 자랑거
리이자 비장의 무기, 코끼리 전담반이 딱이겠구먼. 열심히
하도록."

노빈손은 로마 병사의 옷으로 갈아입고 투구를 쓰고 거울
앞에서 포즈를 취해보았다.

"어쩜 뭘 입어도 이렇게 멋있담. 도대체가 안 어울리는 옷
이 없네. 그나저나 이제 목쉬네를 어떻게 찾지?"

로마 군에 무작정 입대를 하긴 했지만 이 넓은 부대 안에
서 목쉬네를 어떻게 찾을지 막막하기만 했다.

노빈손, 군에 입대하다

"쳇, 정탐꾼이 아니라니 좋다 말았네. 난 아낄레우스. 바로 직속상관이니까 알아서 잘 모셔. 안 그러면 국물은커녕 수돗물도 없을 줄 알아."

천막을 들추고 들어온 사람이 목소리를 잔뜩 깔면서 말했다. 자세히 보니 그는 노빈손의 옆구리에 창끝을 겨누던 그 병사였다.

"자, 어서 서둘러. 곧 코끼리들 밥 줄 시간이야."

아니나 다를까. 역시나 노빈손이 예상하던 것과는 전혀 다른 군 생활이 그를 기다리고 있었다. 한니발 장군이 만든 코끼리 부대를 흉내내어 만든 영광의 코끼리 부대 뒤에는 코끼리 밥을 주고 코끼리 똥을 치워야만 하는 비운의 병사들이 있었을 줄이야. 아무리 퍼내도 여기저기 질퍽하게 널려 있는 코끼리 똥들은 줄지 않았다.

"휴식시간이다!"

빈손이 가죽 물통으로 목을 축이며 나무 그늘 아래에 앉아 쉬고 있는 아낄레우스 옆에 걸터앉았다.

"아니 무슨 도로 공사를 이렇게 오래 하죠?"

" '모든 길은 로마로' 란 말도 모르냐? 그 길 모두 우리 병사들이 만든 거잖아. 그중에 반은 내가 만들었다고 할 수 있지. 아무튼 그 길 만드느라 얼마나 힘들었는지 너는 모를 거

한니발의 최후

코끼리 부대를 이끌고 알프스를 넘어 대승을 했으나 본국에서 한니발을 불러들이는 바람에 할 수 없이 한니발은 로마를 앞에 두고 돌아가야 했어. 그런 와중에 스키피오 장군과의 전투에서 전멸에 가까운 대패를 하자 분을 못 이겨 한니발은 자살을 하고 말지. 이 전쟁을 역사에선 2차 포에니 전쟁, 혹은 한니발 전쟁이라고 불러.

다. 자고 나면 땅 파고, 돌 고르고, 또 크고 평평한 돌 깔고, 그 위에 콘크리트 덮고……."

노빈손의 눈에 일렬로 쭉 늘어선 돌들이 들어왔다. 누가 꼭 일부러 늘어놓기라도 한 것처럼 돌들의 행렬은 끝이 보이지 않을 정도로 길게 이어져 있었다.

"아니 누가 돌들을 이곳에 이렇게 쭉 세워놨을까요? 마차 금지 구역이라도 되나?"

아무 생각 없이 빈손은 그 돌 중 하나를 집어올렸다.

"잠깐! 너 지금 뭐 하냐?"

"이 돌도 도로 공사하는 데 쓰면 좋을 거 같아서요."

"애가, 애가 큰일 낼 애네. 그건 도시와 도시의 경계를 구분하는 돌이야. 돌들을 도시 둘레에 쫘악 세워서 영역을 표시하는 거라고. 어서 내려놔."

"그럼 더 잘됐네요. 바깥쪽으로 돌을 옮겨 놓으면 우리 도시가 좀 더 넓어지는 거 아닌가요?"

"이게 무슨 땅따먹기냐. 너처럼 생각하는 사람이 있을까 봐, 그 돌을 옮겨놓는 사람은 사형이다, 사형!"

빈손은 냉큼 돌을 내려놨다.

"이건 일도 아냐. 상수도관을 설치하는 병사들은 얼마나 더 고생이 심한데. 또 도무스를 건설하는 병사들은 어떻고?"

"도무스가 뭐예요?"

"도무스도 모르냐? 로마 시민들이 사는 아파트잖아. 너 진

98

"모든 길은 로마로?"
로마 사람들은 제국 전체에 발길이 닿는 곳이라면 어디든 거미줄처럼 길을 놓았어. 무려 10만km를 석재를 사용해 튼튼한 포장도로를 만들었지. 최초로 만들어진 도로는 B.C. 312년 아피아 도로로 로마에서 남부지방 카푸아를 연결한 것인데, 캄파니아 지방을 공격하기 위해서였어. '아피아'는 공사 지휘관의 이름인데 그 시대에는 도로의 이름을 지휘관의 이름을 따서 지었대.

짜 첩자 아니야? 모르는 게 너무 많은 게 수상하단 말이야."

밤이 되자 온몸에서 코끼리 똥 냄새가 진동을 했다. 하루 종일 무리를 해서 그런지 여기저기 안 쑤시는 데가 없고 통증이 왔다. 게다가 낯선 천막 안에 혼자 누워 있자니 기억에도 없는 엄마 얼굴이 흐릿하게 떠올라 눈물이 흘러내렸다.

'아, 도대체 나는 누구일까. 울 엄마도 나처럼 보고 싶어 눈물을 흘리고 계실까?'

가슴 여러 개 달린 여자를 찾아서

쿵쿵쿵! 출동 준비.

코끼리가 앞으로 나아갈 때마다 지축을 흔드는 발자국 소리가 울려 퍼졌다. 육중한 코끼리들이 열을 갖춰 행진의 선두에 나서고 갑옷과 방패, 그리고 무기로 무장한 병사들이 대열을 갖춰 그 뒤를 따르고 있었다. 맨 앞줄에서 흰 코끼리를 타고 있는 피말리오 한니발 주니어 3세는 자부심으로 어깨에 잔뜩 힘이 들어가 있었다.

"대 로마제국이 다스리고 있는 멀리 갈리아 지방에 골 족이 나타나 로마 군대를 괴롭히고 있다는 정보를 입수했다. 나 피말리오는 이제 여러분과 함께 알프스를 넘어 곤경에 처한 우리 로마 군을 도울 것이다. 오늘의 나와 여러분은 후대

머리 조심하라구!
공동주택 인술라에는 수도와 화장실이 없었어. 그래서 물은 우물에서 길어와야 했고 화장실은 돈을 내고 사용해야 했어. 1층은 주로 주인이 살았고 가난한 사람들은 제일 꼭대기에서 살았지. 꼭대기의 세입자들은 가끔 변기통을 창문 밖으로 쏟아 부어서 행인들이 잘 피해다녀야 했다고 해.

역사책의 주인공이 될 것이다. 대 로마제국의 병사들이여, 진격 앞으로!"

피말리오 장군의 명령에 육중한 코끼리들이 타잔의 부름을 받기라도 한 것처럼 일제히 코를 높여 소리를 내며 움직이기 시작했다. 로마 군대임을 알리는 독수리 깃발이 바람에 펄럭였다.

그러나 만년설로 뒤덮인 알프스를 넘는 일은 생각만큼 쉽지 않았다.

산의 중턱을 넘어서자 거센 바람과 눈보라가 급습해 왔고, 기온은 떨어져 많은 병사들이 추위 속에 오돌오돌 떨어야 했다. 텐트 속에서 바람을 피하던 노빈손은 담요로 몸을 감쌌지만, 여기저기 뼛속 깊이 바람이 파고들었다. 눈보라와 바람은 텐트를 무섭게 흔들어대고 있었다.

목쉬네를 찾는다고 군에 입대하긴 했는데, 정작 목쉬네는 만나지도 못하고 이 고생을 하다니……. 이가 다닥다닥 부딪히며 추위에 몸이 덜덜 떨렸다.

"그래도 넌 이 추운 곳에서 잘만 자더라. 새벽부터 깼더니 아직도 졸리네."

"아, 제가 한번 잠들면 워낙 깊이 빠져들어서요. 헤헤."

"아아함~. 며칠 전부터 기상나팔 대신에 웬 녀석이 노래를 부르는데 이건 완전히 신이 내린 저주받은 목소리야. 그 목소리 때문에 도저히 늦잠을 잘 수 없다니까. 그 노래 듣고도 안 깬 사람은 네가 처음일 거다."

저주받은 목소리라면……. 분명 목쉬네다.

"그 저주받은 목소리요, 아침마다 들을 수 있는 건가요?"

"아마 그럴 거야. 며칠 전에 피말리오 장군이 데리고 온 녀석인데 아침마다 괴성을 질러대니 도저히 잘 수가 있어야지. 잘 수가……."

그렇게 찾아다녀도 볼 수 없더니, 등잔 밑이 어둡다고 기상 노래를 부르는 게 목쉬네였다니. 신이시여, 감사합니다. 노빈손은 속으로 쾌재를 불렀다.

"목쉬네, 아니 그 기상 노래 부르는 병사 어디 있는 줄 아세요?"

"그거야 모르지만 매일 아침 나와서 노래를 불러대니 내일 아침이면 어디 있는 줄 알게 되지 않겠냐?"

"내일 아침이면 드디어 목쉬네를 만날 수 있겠구나! 그나저나 목쉬네를 찾아 이곳을 빠져 나간 다음에는 어디로 가야 하지? 도대체 어디서 가슴 여러 개 달린 여자를 찾는단 말이야?"

빈손은 걱정이 앞서 자신도 모르게 웅얼거렸다.

"지금 뭐라고 했냐?"

"네? 뭘, 뭘요?"

"분명히 가슴이 어쩌고저쩌고 한 걸 들었는데."

"하하, 들으셨어요? 죄송해요. 일급비밀이라서……."

코끼리가 알프스 산을 넘었다고?
로마를 공격하기 위해 한니발이 처음 출발할 때 37마리의 코끼리가 있었어. 하지만 이탈리아에서 로마 군과 싸운 후 남은 건 달랑 한 마리였다고 해. 트라시메노 호수에서의 전투는 전투라기보다는 기습한 후 학살한 것에 가까웠으니 코끼리가 전투하다가 전사한 것 같지는 않고, 아마도 알프스 피레네 산맥을 넘다가 죽은 게 아닐까 싶어.

"아, 그래? 난 또 아는 사람 이야기가 나오길래……."

"네? 아저씨가 가슴 여러 개 달린 여자 분을 안다구요?"

"물론이지."

"어딜 가면 그 사람을 만날 수 있죠?"

"먼저 이유를 말해 주면, 어디에 있는지 알려 주마."

순간, 노빈손은 어찌해야 할 바를 몰라 머뭇거렸다.

"좋아요. 대신 지금부터 하는 이야기는 절대 비밀로 해주셔야 해요. 아셨죠?"

"내 이름을 걸고 맹세하마!"

결국, 노빈손은 자신이 왜 이곳까지 오게 되었는지 그리고 신의 불을 얻기 위해선 가슴 여러 개 달린 여자를 찾아야 한다는 것까지 자세하게 설명했다.

아낄레우스는 가끔 빈손의 이야기에 맞장구까지 치면서 주의 깊게 그의 이야기를 들어 주었다.

이야기를 다 듣고 난 아낄레우스는 엿듣는 사람이 없는지 주변을 둘러보다가 빈손의 귀에 대고 속삭였다.

"그 여인이 있는 곳을 가르쳐 줄 테니까 나도 원정대에 끼워주면 안 될까?"

"네에? 아저씨를요?"

"그래. 사실 나는 저 용감무쌍한 스파르타의 군인 집안 출신이지만 겁쟁이라는 이유로 가족들에게 버림을 받았단다. 그런데 마침 로마 군대에서 25년 동안 군 생활을 하고 나면

로마 군대를 기피하면?
로마가 정복한 나라의 사람들은 로마 군에 입대해야 했어. 하지만 먼 곳으로 싸우러 가고 싶지 않은 많은 젊은이들은 칼을 잡을 수 없도록 오른손 엄지를 잘라버렸지. 칼을 쥘 수 없으니 로마 군에서 싸울 수 없을 거라 생각했기 때문이야. 그러나 이런 식으로 군대를 피하려는 걸 알게 된 로마 황제는 입대를 피하려는 자의 목을 자르거나 몸에 낙인을 찍었어. 무섭지?

로마 시민권을 준다는 이야기에 그만 혹해서 여태 이 고생을 하고 있어.”

“네? 군대에서 25년이나 있어야 한다고요?”

“몰랐었냐? 어쩐지 네가 입대시켜 달라고 피말리오 장군에게 졸라댈 때 이상하다 싶더라. 어쨌든 너도 알다시피 여기가 어디 사람 사는 곳이냐? 시민권 준다는 것도 병사들 모으려고 퍼뜨린 헛소문이었다고.”

“그래도……”

노빈손은 신의 불 원정대가 아주 까다로운 선발 과정을 거쳐 뽑은 만큼 아무나 끼워줄 수 없으며, 불을 찾으러 가는 그 길도 결코 쉬운 길이 아니라며 잘라 거절했지만, 만일 자신을 원정대에 끼워주지 않으면 가슴 여러 개 달린 여자가 어디 있는지도 가르쳐 주지 않고, 피말리오 장군에게 빈손이의 정체를 밝히겠다는 협박까지 들고 나와 어쩔 수 없이 대원으로 받아들였다.

‘뭐 그래도 아무 고민 없이 가슴 여러 개 달린 여자를 만나게 되었으니 손해 본 건 없지.’

알프스 정상에서 요들송을

“야, 빈손아. 일어나! 넌 어떻게 저 목소리를 듣고서도 눈이

안 떠지냐?"

아낄레우스가 노빈손을 흔들어 깨웠다.

"음냐음냐, 제가 자는 게 아니라 탈출 방법을 생각하고 있었던 거거든요. 5분만요. 음냐 음냐……."

노빈손은 아직도 꿈속에서 헤어날 줄 몰랐다.

"알프스 프스 프스 알프스에서 불러보는 요들송 요들 요들 요들로우 욜로로우우……."

"햐, 또 시작이네. 누군지 몰라도 정말 신의 저주를 받은 목소리라니까."

"그래, 저 목소리야!"

빈손이는 자리에서 벌떡 일어났다.

"위아더 챔피언~~ 음악에 미친 내가 챔피언~~ 노래에 미친 내가 챔피언. 잘 먹고 잘 놀고 잘 싸는 당신이 진정 이 나라의 챔피언입니다. 끄아아악~ 아아악~~ 사랑은 알 수 없는 늪지대 헤어나올 수 없는 다른 세계로의 초대. 너를 향한 내 마음은 16차선 고속도로 그래도 신호 위반하면 딱지 뗄 거야아~~."

마치 영혼을 갉아먹는 듯한 이 목소리……. 저건 분명 목쉬네의 노랫소리였다!

밖에 나와 보니 눈보라 때문에 한 치 앞도 내다볼 수 없었다. 하는 수 없이 노빈손은 목소리가 나오는 쪽을 향해 미친 듯이 달려갔다. 그러고는 노랫소리가 들리는 쪽을 향해 목청

껏 그의 이름을 불렀다.

"목쉬네에에에에……."

멀리서 그의 그림자가 보였다. 생각지도 못한 곳에서 노빈손을 다시 만난 목쉬네의 눈은 모기 다리만큼 가늘어졌다.

"어, 이제 너무 추워 헛것이 다 보이는구나. 나랑 음악세계도 다른데 엘비스 프레슬리 선배가 왜 보인다냐?"

"나야 나, 빈손이. 네 친구 노빈손이라구!"

"어, 빈손이잖아. 네가 어떻게 여길? 그런데 그 구레나룻하며 가슴의 미역은 또 뭐냐?"

"이게 다 너 때문이잖아. 널 피말리오 부대에서 빼내려고 여기까지 온 거라구."

"뭐, 정말로? 날 구하기 위해 이 먼 알프스 산까지 찾아왔단 말이야? 정말 감동인데……. 그렇담 가만히 있을 수 없지. 지금의 이 필을 최대한 살려서……."

노빈손은 얼른 목쉬네의 입을 막았다.

"조용조용. 이러다 부대 사람들 다 깨겠어. 그것보다 좋은 소식이 있어. 가슴 여러 개 달린 여자를 아는 사람을 찾았어."

"뭐, 진짜? 누구야? 그 사람 인간관계 정말 폭넓다."

목쉬네가 감탄을 금치 못했다.

"그 사람이 바로 이 사람이시다. 빈손아, 이 저렴하게 생긴 녀석이 신에게 저주 받은 목소리의 주인공이냐?"

"그러는 비예술적으로 생긴 아저씨는 누구세요?"

왜 로마 유적은
땅 밑에 있을까?
로마의 유적들은 원래 표면 위에 지었으나 지하에서 그 유적들이 발견되고 있어. 그것은 고대인들이 화재로 인해 파괴된 건물의 잔해를 치우지 않고 그 위에 그냥 건물을 올렸기 때문이래. 또한 기존의 건물 잔해를 그대로 방치해서 그곳이 밭이나 과수원이 되어 버렸기 때문이기도 하다는군.

아낄레우스와 목쉬네는 서로가 탐탁지 않은 듯 건성으로 인사를 주고받았다.

"자, 자 이러고 있을 때가 아니에요. 목쉬네도 만났으니까 어서 이곳을 빠져나가야죠."

"맞아. 하지만 작전 없이 도망갔다간 알프스 산의 절반도 내려가지 못해서 잡히고 말 거야. 그 피말리오 장군은 은근히 끈질겨서 지구 끝까지 쫓아올 거라고."

"무슨 좋은 방법이 없을까요?"

세 사람은 그럴듯한 탈출 작전을 세우기 위해 머리를 맞대고 방법을 모색하기 시작했다.

탈영병 소탕 작전

콜록콜록! 팽~.

눈발이 더욱 거세지고 있었다. 피말리오 한니발 주니어 3세는 천막을 흔드는 바람을 바라보며 깊은 시름에 잠겼다. 코끼리들을 데리고 이곳까지 오긴 왔는데 난데없는 기상이변으로 눈보라에 갇혀 꼼짝 못 하는 상황이 되다니……

더욱이 살을 에는 듯한 추위로 병사들 전체가 냉동만두가 될 판국이었다.

정찰을 나갔던 병사가 돌아왔다.

"어떤가? 눈보라가 그칠 것 같은가? 알프스 산 너머는 날씨가 어떻던가?"

"그게 저……. 이 산이 아닌 거 같은데요?"

"뭐?"

"그러니까 이 산이 알프스가 아니라구요. 그때처럼 또 잘못 올라온 것 같은데요."

병사는 우물거리며 말끝을 흐렸다.

그렇게 힘들게 여기까지 왔는데……. 정찰병과 피말리오 사이에 어색한 침묵이 흘렀다. 이윽고 피말리오 장군은 비장한 얼굴로 입을 열었다.

"오늘부터 이 산이 알프스 산이다. 알았지?"

"네에?"

놀라는 병사에게 피말리오가 주먹을 꼭 쥐어 흔들어 보였다.

이때 누군가 천막을 두드렸다.

"누구냐?"

부상당하거나 동상에 걸린 병사들의 수를 파악하기 위해 보낸 병사였다.

"피말리오 장군님, 방금 인원 점검을 모두 마쳤습니다."

"그래? 상황을 보고해 보게."

"네. 동상 123명, 감기 678명, 무좀 45명, 치질 2명, 그리고 실종 3명입니다."

피말리오 장군이 벌떡 일어났다.

트래비 분수에 동전을 던지는 이유
로마에 가면 많은 사람들이 트래비 분수에 동전을 던지는 모습을 볼 수 있어. 분수를 등진 채 오른손에 동전을 쥐고 왼쪽 어깨 너머로 던지는데 그 의미는 첫 번째 동전은 로마로 다시 돌아올 수 있다. 두 번째는 원하는 사랑을 이룰 수 있다. 그리고 마지막 세 번째는 사랑하는 사람과 이별한다는 거래. 트래비 분수에 동전을 던져 두 번씩이나 성공하긴 어렵다고 하니까. 괜한 호기심으로 세 번까지 던져서 헤어짐의 아픔을 겪지 말라구.

"실종이라니, 그게 무슨 소리야?"

"그, 그게 저 아무래도 탈영한 것 같습니다."

"뭐, 탈, 탈영이라고?"

대 로마 군대에서 탈영이라니……. 말도 안 되는 소리다. 용감무쌍하고 싸움에 물러섬이 없는 것으로 유명한 로마 병사가 탈영이라니. 그것도 피말리오 자신의 부대에서 세 명씩이나…….

"그 세 명이 대체 누군가?"

"아킬레우스, 목쉬네 그리고 나머지 한 명은 노빈손이라고 밝혀졌습니다."

"목쉬네라면 내 노예고, 노빈손은…. 내가 기특하다고 특별히 입대시켜준 그 녀석?"

"그렇습니다."

피말리오는 이를 빠득 갈았다.

"로마제국에 충성을 다하겠다고 해서 입대시켜줬더니 은혜를 원수로 갚아? 이 피말리오를 우습게 봤다 이거지? 어디 이 녀석들 잡히기만 해봐라. 구레나룻을 왕창 뽑아버릴 테니까. 내가 알프스 산은 못 넘었어도 탈영병은 꼭 잡고야 말겠어. 비상사태다, 비상사태. 그 녀석들을 당장 잡아라!"

눈보라 속에 병사들의 대대적인 수색 작업이 시작됐다.

동상 걸린 병사를 제외하고 전군이 눈 속에서 탈영병을 찾기 위한 강도 높은 수색작업을 펼쳤다.

픽! 픽!

"이, 이걸로 정말 내려갈 수 있단 말이니?"

변기에 쭈그리고 앉은 자세로 끈을 잡고 있는 아킬레우스
의 두 손이 땀으로 흥건해졌다.

"그, 그래도 그렇지. 어떻게 이럴 수가 있어! 내가 그토록
애지중지하던 리라로 눈썰매를 만들 수가 있느냐고!"

"지금 사느냐 죽느냐 그것이 문제인데 그깟 리라 하나 부
서졌다고 사나이가 칭얼칭얼거려야겠어?"

노빈손은 어떻게 생각해냈는지 목쉬네의 리라를 뜯어 눈
썰매를 만들었다. 그리고 그 조그만 리라 위에 서로의 몸을
딱 붙여서 출발 자세를 취했다.

"자, 그럼 출발합니다. 다들 눈 감으시고……. 출발!"

빈손이가 땅에 발을 힘껏 굴러 리라를 밀어내자 리라는 기
다렸다는 듯이 재빠른 속도로 눈이 쌓인 산 아래를 바람처럼
내려갔다.

"아아악~ 사람 살려~. 아앗, 이얏호! 오빠, 달려~!"

처음에 외쳐댔던 비명소리가 어느새 스릴을 즐기는 함성
으로 바뀌었다.

"아, 아저씨, 그렇게 좋아하는 건 좋은데요……. 운전은
똑바로 하셔야죠. 앞에 나무가 있잖아요!"

빈손이의 외침에도 불구하고 리라는 아킬레우스의 조종
미숙으로 커다란 나무와 부딪혀 "픽!" 하는 소리와 함께 공

중으로 튀어오르더니 이내 세 사람이 뒤엉킨 눈 덩어리가 되어 산을 굴러 내려갔다.

"으아악. 이게 뭐야. 어지러워 죽을 거 같아!"

"아니, 저 녀석들이 지금 무슨 짓을 하는 거야? 피, 피해라!"

피말리오와 로마 병사들은 수색을 하다 말고 난데없이 산 위에서 커다란 눈 덩어리가 되어 굴러오는 빈손이 일행을 피하느라 우왕좌왕하였다.

떼구르르 떼구르르~.

"쫓, 쫓아라!"

뒤늦게야 상황을 알아차린 피말리오가 소리를 쳤지만 어느새 큼지막한 눈덩이가 되어 굴러가는 세 사람을 쫓아가는 건 이미 속수무책이었다. 세 사람이 든 눈덩이는 점점 커지고 커져 산사태가 난 것처럼 요란한 소리를 내며 무서운 속도로 아래를 향해 내려갔다.

눈덩이는 점점 더 속도가 빨라지고, 점점 더 크기가 커지면서 이제 로마 병사들도 쫓아오지 못할 정도로 빠르게 산 아래로 요란한 소리를 내며 굴러 내려갔다. 롤러코스터를 탄 것처럼 세상이 빙글빙글 돌고 있었다.

'병사들을 따돌리긴 한 것 같은데……. 근데, 우욱~ 멀미난다.'

가공할 만한 속도로 비탈길을 내려오는 눈덩이 앞에 울창한 숲이 가로막았다. "쿵" 하는 소리와 함께 나무에 부딪힌

Rome을 왜 로마라고 읽을까?
'Rome(롬)'은 이탈리아 수도의 영어식 표기야. 현지어(이태리어)로는 Roma이고 발음도 우리가 알고 있는 '로마'지. 우리나라에서는 세계 각국의 지명의 발음을 현지어 기준으로 하기 때문에 그런 건데, 폴란드의 수도 Warsaw를 영어 '워~서'로 읽지 않고, 현지어 '바르샤바'로 발음하는 것이 비슷한 예라고 할 수 있어.

눈덩이는

어느새 세 개의

눈덩이로 나뉘어져

숲의 나무 사이사이를

아슬아슬하게 피하며 굴러

내려갔다. 노빈손은 자신도 모르게

눈을 감고 소리쳤다.

　"누가 우리 좀 말려줘요~~!"

로마, 속속들이 헤집고 다니기

황제 구함
: 암살당해도 책임 안 짐

오랜 세월 동안 로마는 저마다 다른 세 가지 방식으로 로마를 다스렸어. 처음엔 왕이 다스렸고, 그 뒤에는 사람들이 뽑은 관리들이, 그리고 마지막으로는 황제가 나라를 다스렸지.(황제는 부르는 이름만 다를 뿐 사실상 왕과 같아.)

112

아우구스투스부터 시작하는 로마 황제들은 로마제국이 멸망할 때까지 수십 명이 있었는데 말이야, 나중엔 암살당하는 게 두려워 모두들 황제 자리를 사양했어. 말도 많고 탈도 많았던 로마 황제들의 역사! 어떤 인물들이 있었는지 살펴볼까?

내 말에게 충성을 맹세하지 그래?

칼리굴라 | **제3대 로마 황제**
제위 기간 : 서기 37~41년
본명 : 가이우스 율리우스 카이사르
별명 : 칼리굴라('유아용 군화'라는 뜻)

내로라하는 폭군 중의 폭군. 사치와 향락으로 로마제국의 재산을 흥청망청 써버리고, 걸핏하면 사람들의 목을 쳐서 많은 사람들을 공포에 몰아넣었어. 그는 자신의 애마 인기타투스를 집정관이라는 막강한 자리에 임명하기도 했어. 상상이 가? 말 앞에서 굽신거려야 했던 사람들이 말야. 그리고 틈만 나면 외쳤다나, "나는 신이다. 우하하~" 하고. 맹수들의 고깃값을 아끼기 위해 죄수들을 먹이로 주는 잔인한 짓도 서슴지 않았던 그는 결국 믿었던 경비병에 의해 최후를 맞이하지.

천재 예술가를 몰라주다니~

네로 | 제5대 로마 황제
제위 기간 : 서기 54~68년
**본명 : 네로 클라우디우스 케사르 아우구스투스 게르마니쿠스(헥헥~
그냥 줄여서 '네로'라고 합시다)**

그의 어머니 아그리피나는 남편을 독살시키고 아들 네로를 황제로 즉위시켰어. 나중에 어머니가 자신의 황제 자리를 빼앗으려고 하자 어머니에게 자객을 보내 복수하지. 어쩐지 으스스한 가족이지? 거기다 의붓형제, 아내, 심지어 여자 친구까지 살해하고, 많은 기독교인들을 잔인하게 박해했어. 로마 황궁 기름 창고에서 불이 나 로마 시내 전체로 퍼지는 대화재가 일어났었는데 사람들은 범인을 네로라고 의심하기도 했으니 민심을 얼마나 잃었으면……. 스스로를 리라의 달인, 천재 예술가쯤으로 여겼지만 실제로 그의 리라 실력은 형편없었다는군.

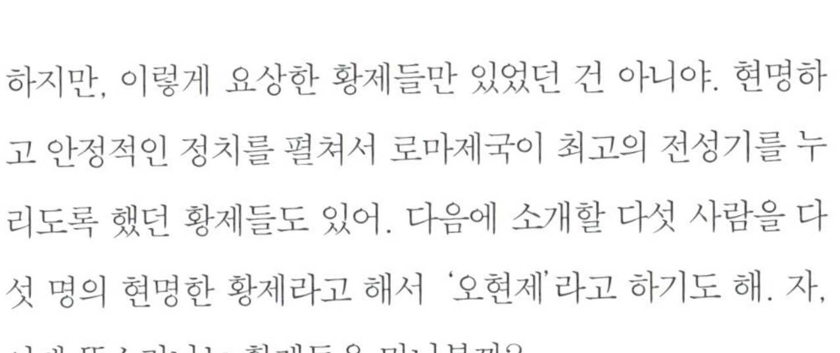

하지만, 이렇게 요상한 황제들만 있었던 건 아니야. 현명하고 안정적인 정치를 펼쳐서 로마제국이 최고의 전성기를 누리도록 했던 황제들도 있어. 다음에 소개할 다섯 사람을 다섯 명의 현명한 황제라고 해서 '오현제'라고 하기도 해. 자, 이제 똑소리나는 황제들을 만나볼까?

내가 사람 보는 눈이 좀 있지

네르바 │ 제위 기간 : 서기 96~98년

고령에 지병까지 있었던 네르바는 가난한 농민을 보호하며 로마의 곡물 분배나 수도의 정비에 힘을 쏟았어. 네르바는 지지 세력이 약하고 워낙 고령인 터라 유능한 군인을 뽑아 자신의 후계자로 삼았는데 말야, 그가 바로 트라야누스야. 생각해봐, 자기 가족이나 친척이 아닌 사람에게 왕위를 넘겨준다는 거 쉬운 일이 아니겠지? 하지만, 네르바는 사람 하나만 믿고 트라야누스를 후계자로 지목했던 거야. 그리고 트라야누스는 네르바를, 아니 로마 전체를 실망시키지 않은 훌륭한 황제가 되었어.

인기 투표 1위, 이거 쑥스럽구만

트라야누스 │ 제위 기간 : 98~117년

그는 유능한 군인 출신답게 대규모의 원정을 여러 차례 감행해서 아르메니아, 메소포타미아, 다키아 등을 합병하고, 아시아까지 그 세력을 넓혀 로마제국의 영토는 역사상 최대 규모로 확대되지. 뿐만 아니라 주민의 부담을 덜어주고 도시의 가난한 사람들을 위한 사회복지제도도 실시하고 안팎으로 야무진 정치를 폈으니 언제나 로마 인기 투표 1위였어.

야무진 황제, 알뜰한 황제라 불러다오

하드리아누스 │ 제위 기간 : 117~138년

그는 아주 서민적인 황제였어. 군대와 함께 있을 때면 일반 병사들과 똑같이 먹고 잤지. 하드리아누스는 영토를 확장하기보다 로마 구석구석까지 몸소 찾아다니며 로마를 안정시키고 강건하게 만드는 일에 힘을 쏟았어. 행정기구를 개혁하고, 도시 건설이나 건축에도 관심을 쏟았지. 확장된 영토를 야무지게 잘 다스린 하드리아누스는 그야말로 실속파 황제야.

너무 일을 잘해도 티가 안 난다니까

안토니누스 피우스 │ 제위 기간 : 138~161년

나무랄 데 없는 귀족 가문에서 태어난 데다 정직하고 성실한 인품까지. 그야말로 준비된 황제였어. 뒤에 피우스(Pius)는 경건함이라는 칭호로 불렸다고 하니까, 로마 시민들이 얼마나 그를 사랑했는지 알겠지? 특별한 업적은 없었지만, 나라를 큰 탈 없이 잘 다스린다는 것 역시 훌륭한 정치 업적 중 하나잖아.

황제는 부업, 본업은 베스트셀러 작가

마르쿠스 아우렐리우스 │ 제위 기간 : 161~181년

공명하고 깨끗한 정치를 펼쳤지만, 그의 시대에는 유달리 사회가 혼란스러웠어. 그 이유는 수시로 로마를 위협해 오는 파르티아 때문이었어. 아우렐리우스는 원정군을 보내 파르티아를 멸망시키려 했지만 결과는 비극이었어. 돌아온 병사들이 페스트를 옮겨와 전염병으로 많은 로마 시민들이 죽어갔지. 그가 유명한 이유는 전쟁터 막사에서 쓴 『명상록』이라는 책 때문이야. 아주 훌륭한 수기이자 철학서인 이 책은 지금도 많은 사람들이 읽고 있는 책이야.

핏빛으로 물드는 강

삐걱삐걱.

한밤중에 짐을 나르던 수레 하나가 슬쩍 큰 길을 벗어나 강변으로 말머리를 돌리고 있었다.

강을 따라 가던 마차가 서서히 속도를 줄이는가 싶더니 강 기슭에서 멈춰 서자 검은 수사복을 입고 모자까지 깊이 눌러 쓴 남자들이 힘겹게 포도주가 든 나무통들을 마차에서 내렸다. 기울어져 가는 달빛에 드러난 이들의 모습은 강의 신 이나쿠스조차 눈치 채지 못할 정도로 은밀하고 조심스러웠다.

콸콸콸.

코르크 마개를 따내고 붉은색 포도주를 강으로 흘려보내며 누군가 먼저 입을 열었다.

"이렇게 힘든 일을 우리 같은 귀한 귀족이 꼭 직접 해야 돼? 노예를 시키면 되잖아."

아라리우스의 목소리였다.

"그러게 말이야, 졸려 죽겠네. 태어나서 처음으로 무거운 걸 날랐더니 팔이 빠질 거 같아."

잠이 들 깬 느끼리우스도 투덜거렸다.

"모르는 소리 마시오. 왼손이 하는 일을 오른손이 모르게 하란 말이 있습니다."

우얄라카노가 느슨해진 원로원 의원들의 마음을 다잡았다.

물을 공급하기 위해 세워진 다리, 수도교

하천이나 도로 등의 위를 건너는 상하수도를 받치기 위해 만든 다리를 수도교라고 해. 로마는 인구가 늘어나면서 물 사용량이 늘어나자 근처 산들로부터 물을 끌어오기 위한 수로를 건설했어. 수로는 협곡이나 계곡을 통과해야 했기 때문에 이를 위해 처음 수도교가 건설되었어. 물은 수도교의 위층에 설치된 콘크리트의 수로를 따라 높은 곳에서 낮은 데로 흘러갔고, 골짜기를 건널 때는 1층이나 2층, 또는 3층의 아치가 만들어졌지.

"노예들을 시켰다가 그들이 입을 뻥긋이라도 하는 날에는
모든 일을 그르치게 되니 힘들더라도 우리가 직접 나서서 해
야 합니다."

"그런데 왜 불이 꺼진 걸 로마 시민들에게 알리지 않으셨
습니까?"

"시민들은 신의 불이 꺼진 걸 모르는 상태에서 재앙을 맛
봐야 합니다. 마치 한 편의 공포영화처럼 말이죠. 그러면 뭔
가 잘못됐다는 걸 느끼겠죠?"

"그래서요?"

"그때 우리 원로원 의원들이 카이사로가 불을 꺼뜨렸다고
말하면 시민들은 카이사로가 불이 꺼진 것을 알고 있었으면
서도 시민들에게 알리지 않은 것에 대해 강한 배신감을 느끼
고 폭동을 일으킬 것입니다."

"그때 우리가 혜성처럼 등장해서 멋들어지게 상황을 수습
하자는 것이죠? 정말, 훌륭하십니다. 하하하!"

걱정시리우스가 마치 계획을 이해한 것처럼 끼어들더니
우알라카노의 명석함을 입이 마르도록 칭찬하였다.

"저도 그런 뜻인 줄 알고 있었습니다. 까르르~."

"이런 내숭이 알알이 박힌 사람 같으니라고. 알긴 뭘 알아?"

아라리우스도 걱정시리우스에게 뒤질세라 아부를 떨자 곁
에 있던 느끼리우스가 면박을 줬다.

깊은 밤. 저물어 가는 달빛을 받던 강물은 붉은빛을 띠기

세금을 슬쩍하는 사람들
로마의 관리들은 제국의
인구를 조사하고 장부에
기록하여 세금을 거둬들
였어. 이렇게 거둬들인
돈은 군대와 정부를 유
지하는 데 사용했어. 하
지만, 세금을 거둬들이
는 많은 이들이 대부분
뇌물을 받았고 심지어
황제까지 자신의 재산을
불리는 데 보태기도 했
어. 그 때문에 많은 로마
시민들이 경제적인 고통
을 받았어.

시작했고, 빠르게 강 전체로 퍼져 나갔다. 어느새 강은 첫 번째 재앙의 징후처럼 핏빛으로 물들었다.

다가닥다가닥!

어디선가 다급한 말발굽 소리가 들려왔다.

"모두 고개 숙여!"

강물에 포도주를 계속 쏟아 붓던 원로원 의원들은 일제히 몸을 숨겼다.

말발굽 소리는 마차가 있는 곳으로 곧장 다가왔다. 그리고는 말에 타고 있던 사람이 뛰어내리며 소리쳤다.

"개울가에 올챙이 한 마리……."

"뒷다리가 쏘옥. 앞다리가 쑈욱. 음, 우리 편이군. 무슨 일인가?"

숨어 있던 원로원 의원들이 모습을 드러냈다. 말에서 내린 사람의 모습이 달빛 아래에 드러났다. 히딩쿠스 감독관이었다.

"아니 히딩쿠스 감독관이 아니요, 여긴 어떻게……."

잔비어스 백부장이 자랑스럽게 말했다.

"그도 이제 우리와 같은 편입니다. 그래 무슨 일인가, 히딩쿠스?"

"얼굴 없는 검투사가 살아 있었습니다. 여기 편지가……."

"뭣이오? 분명히 물에 던져진 걸로 아는데……."

우얄라카노가 히딩쿠스로부터 편지를 건네받았다.

"카이사로 짓입니다. 그가 얼굴 없는 검투사와 목욕탕 세신사를 빼돌려 신의 불을 찾아오라고 시켰답니다."

카이사로가 가만히 당하고만 있을 위인이 아니라는 건 알고 있었지만, 이렇게 민첩하게 움직이다니. 우알라카노는 뒤통수를 얻어맞은 것처럼 머리가 지끈지끈했다.

"교활한 카이사로⋯⋯."

"어머, 어머, 웬일이니. 카이사로 머리 너무 잘 돌아간다. 하지만 무슨 일 있겠어? 그 검투사 생긴 걸 보면 신의 불은커녕 마른 장작개비 하나도 못 찾아오게 생겼던데, 까르르."

아라리우스는 노빈손의 어수룩한 얼굴을 떠올리며 예의 그 웃음을 크게 터뜨렸다.

"모르는 소리 마시오. 사자를 단숨에 제압하던 그 경기 기억 안 납니까? 시민들 사이에선 아직도 그가 영웅입니다. 그래서 처음부터 그를 제거하려 했던 건데. 내 느낌은 틀림없소. 그 얼굴 없는 검투사를 우습게 여겼다간 우리 모두 큰코다칠 거요. 그가 불을 구하러 갔다면 큰일인데⋯⋯."

우알라카노는 빈손의 범상치 않은 잔머리가 떠올라 언짢아졌다. 원로원 의원들 모두 고심에 빠졌다.

"그럴 줄 알고 준비했습니다."

여태껏 한쪽에서 폼만 잡으며 느끼한 포즈로 서 있던 느끼리우스가 입을 열었다.

"오~ 느끼리우스, 무슨 좋은 생각이 있소?"

"훗, 전 이미 이 모든 사태를 예견하고 있었습니다. 그래서

노블레스 오블리주?
높은 사회적 신분에 걸맞은 도덕적 의무를 뜻하는 말이야. 초기 로마 시대에 왕과 귀족들이 보여준 투철한 도덕 의식과 솔선수범하는 공공정신에서 비롯된 것이지. 초기 로마 사회에서는 사회 고위층이 공공봉사를 하고 기부 · 헌납하는 전통이 강하였고, 이러한 행위는 의무인 동시에 명예로 인식되면서 자발적이고 경쟁적으로 이루어졌어.

준비했죠."

기름이 뚝뚝 떨어질 것 같은 그의 미소에 모두들 속이 뒤집어질 것만 같았다.

"글쎄. 뭘 준비했냐니까. 느끼해서 더 들어줄 수가 없소. 어서 말해보시오."

식용유 속에서 버터가 수영을 하고 있는 것 같은 느끼리우스의 눈빛에 원로원 의원들은 절규했다.

"어서 말해보시오. 나박김치를 한 사발 들이붓기 전에."

"그것은 바로 원로원의 히든 카드. 킬러로 소문난 살아 있는 인간 병기! 그 사람을 보내는 겁니다."

원로원 의원들의 눈이 휘둥그레졌다.

"너무 위험한 일입니다. 많은 희생자가 나올 수도 있어요!"

"오~, 제발 그 인간 병기만은……. 꼭 그렇게까지 해야 하겠소?"

사람들의 얼굴에 두려움과 공포가 스쳤다.

"차라리 잘됐습니다. 혹시라도 불을 구해오는 일이 없도록 싹을 잘라버려야죠. 좋습니다, 느끼리우스. 이번 일은 당신이 맡아서 처리하십시오."

원로원 의원들은 인간 병기로 인해 벌어질 일을 상상하며 두려움에 몸을 떨었다.

우얄라카노는 인간 병기에 의해 고통당하는 빈손의 얼굴을 떠올리며 회심의 미소를 지었다.

"카이사로, 누가 이기나 어디 두고 보자구. 어설픈 검투사
인지 아니면 우리 비장의 무기, 인간 병기인지 말이야."

여인의 등 뒤를 보라

쿵! 으아악, 퍽! 퍼억!

거대한 세 눈덩이는 산을 다 내려오고 나서야 거대한 고목
나무에 부딪혀 겨우 멈췄다. 다행히 노빈손 일행은 눈덩이에
둘러싸여 있어서인지 크게 다치진 않았다.

"원래 빈손이 너랑 있으면 이렇게 희한한 일이 많이 생기냐?"

아낄레우스가 몸에 묻은 눈을 탈탈 털어내며 말했다.

"아무튼 생긴 것부터가 예사롭지 않다 했더니. 휴~ 두렵
다, 두려워."

"에이 아저씨, 왜 이러세요. 저 아니었음 아직도 알프스 산
꼭대기였을 거라구요."

"눈사람 돼서 구르는 것도 작전이냐? 아이구야, 예술가는
몸이 재산인데 말이야."

목쉬네는 아직도 어지러운지 비틀거리는 걸음으로 저만치
나가떨어진 리라를 찾아 헤맸다.

"이제 일이 더 복잡해졌어."

목쉬네는 굴러 내려온 알프스 언덕 어디쯤을 바라다보며

예술이냐, 외설이냐?
로마인이 만든 조각상
중에는 나체가 압도적
으로 많아. 이것은 최고
의 미는 인간의 아름다
운 육체라고 로마 사람
들이 생각했기 때문이
야. 그래서 대다수의 신
상은 나체의 모습을 가
지고 있었던 거야. 야하
게 생각하지 말자구.

제법 심각한 얼굴이 됐다.

"뭐가?"

"원로원 의원들한테 쫓기고 있을지도 모르는데 로마 군대까지 쫓아올 테니까."

'아뿔싸!'

목쉬네의 말이 맞았다. 이로써 노빈손 일행은 또 하나의 적을 만든 셈이었다. 알프스 산을 눈사람이 되어 구르는 일보다 더 험한 일이 그들을 기다리고 있을지도 모를 일이었다. 그래도 멈출 수 없었다. 그들이 누군가, 원로원의 반란을 막고 로마 시민들과 카이사르를 지켜낼 특수한 임무를 띤 신의 불 원정대가 아니던가!

노빈손은 반드시 불을 찾아 로마제국을 구원하리라 결심하며 두 주먹을 불끈 쥐었다.

"뭐 해? 휴지 줄까? 똥 마려운 놈처럼 왜 두 주먹을 쥐고서 있는 거야?"

"네? 하하, 아니에요. 그건 그렇고 어느 쪽이에요? 앞장서셔야죠."

"잉? 어디를?"

태평한 아낄레우스의 말에 노빈손이 팔짝 뛰었다.

"아저씨도 참, 가슴 여러 개 달린 그 여자분 말이에요?"

"아? 거기! 말을 알아듣게 해야지……. 자, 이쪽이야."

달그락달그락.

실례합니다!
로마의 화장실은 여러 사람이 함께 이용할 수 있는 구조였어. 사람들은 해면(스펀지)을 꼬챙이 끝에 매달아 깨끗이 닦았고, 천 조각은 앞쪽에 흐르고 있는 수로에 헹구거나 물이 담긴 항아리에 헹궜지. 이 꼬챙이는 물론 다함께 사용해야 했어. 깔끔한 사람들은 꼬챙이를 휴대하고 화장실에 갈 것. 돌로 된 변기 밑에 흐르고 있는 물은 배설물을 다른 수로로 흘려보냈다고 해.

로마의 밤은 조용할 거라고 예상했었는데 거리에는 짐을 잔뜩 실은 수레들이 오가고 있어 오히려 대낮보다 더 분주해 보였다.

"다들 잠도 없나. 지금이 몇 신데 아직도 짐마차가 다니는 거야?"

"로마는 도로가 혼잡할까 봐 낮에 짐수레는 다니지 못하도록 되어 있어. 그러니까 밤을 이용해 수레들이 물건을 나르는 거란다. 거의 다 왔는데……. 아, 바로 여기다."

아낄레우스가 멈춰 선 곳은 여느 포룸과 다름없는 평범한 곳이었다. 노빈손은 이곳에 가슴 여러 개 달린 여인이 산다는 아낄레우스의 말을 믿을 수가 없었다.

"여긴 광장이잖아요? 그렇다면 그 분은……. 집시 여인?"

"그게 아니지. 자유를 갈망한 나머지 가출을 단행한 비련의 아티스트일 테지. 보라고 이 몸에 돌출되어 오르는 닭살들을……. 나의 아티스트적인 감각이 말해주는 거라고."

"으이그, 이 녀석들아. 저기를 봐!"

그녀가 보였다. 하얀 달빛을 받고 서 있는 창백한 얼굴의 그녀가……. 노빈손과 목쉬네는 마치 영혼을 빼앗긴 것처럼 그녀에게 이끌리듯 걸어갔다. 그러나 그녀는 눈조차 깜빡이지 않는 조각상이었다.

"이게 뭐예요? 조각상이잖아요!"

노빈손이 무척 실망한 듯했다.

복권의 원조 나라, 로마
고대 로마에서는 연회에서 황제가 손님들에게 추첨을 통해 다양한 상품을 나누어 주었어. 각각의 손님들은 음식값으로 돈을 지불한 계산서를 가지고 추첨을 하여 큰 가치의 상품을 탔어. 로마의 5대 황제 네로(AD 37~68)는 자신의 제국이 영원하길 기원하며 대중적인 추첨 행사를 벌여서 매일 직업, 땅, 노예 또는 선박 등을 나누어 주었다고 해.

"그래 조각상이다. 뭐 잘못되었냐? 잘 보라고. 이 동상은 그냥 동상이 아니라 '다산과 풍요의 신인 디아나 여신'의 동상이라고."

"디아나 여신이라고요?"

"그래. 그리스 신으로 치자면 '아르테미스 여신'이라고 할 수 있지."

아낄레우스의 말을 듣고 노빈손과 목쉬네는 찬찬히 여신을 살펴보았다. 향기로운 미소를 머금은 얼굴 아래로 포도송이처럼 많은 가슴이 달려 있었다. 그리고 사자, 흰 소, 하늘을 나는 말 같은 동물들이 무릎을 꿇는 자세로 그녀의 주위를 빙 둘러가며 새겨져, 마치 호위하고 있는 듯한 모습이었다. 게다가 당장 빈손을 포옹해줄 것처럼 그녀는 팔을 벌리고 있었다. 그 여신의 모습은 세상 모든 사람들을 따뜻하게 포옹해줄 수 있는 자상한 어머니와도 같은 모습이었다.

"가슴 여러 개 달린 여인이라면 이걸 말하는 걸 거야. 로마에 이 여신만큼 가슴 많이 달린 여자는 본 적이 없거든."

아낄레우스의 말대로 어디를 가도 이보다 더 가슴이 많이 달린 여자는 찾을 수 없을 것이다.

"아저씨 말이 맞긴 한데, 어떻게 이 조각상이 신의 불이 있는 곳을 알려줄 수 있을까요?"

"그걸 나한테 물으면 안 되지~!"

"야, 이건 완전히 아티스트의 영감을 자극하는 조각상이

군. 가만히 보고 있으려니까 갑자기 엄마가 그리워지네. 흑,
엄마~!"

목쉬네가 갑자기 조각상을 와락 끌어안고 울음을 터뜨렸다.

"신성한 조각상에다 뭐하는 짓이야?"

"남들이 보면 변태라고 오해한다고."

아낄레우스와 노빈손이 조각상에 매미처럼 붙어서 울어대
는 목쉬네를 떼어 놓았다.

"의젓한 척은 혼자 다 하더니."

"원래 예술가들은 감성이 풍부한 법이라구요. 훌쩍, 훌쩍."

목쉬네가 팽 하고 코를 풀었다.

"그런데 조각상 말이야. 뒤에도 가슴이 달렸나 보던데?

등이 울퉁불퉁하더라고."

"뭐? 설마!"

노빈손은 조각상의 뒤편으로 돌아가 자세히 살폈지만, 목쉬네의 말과는 다르게 아무것도 없었다. '혹시, 무심코 지나쳤나' 하는 생각에 다시 등을 손으로 더듬거리며 살폈다. 등의 중앙쯤에 손이 이르렀을 때에 마치 홈이 파인 것처럼 무엇인가 울퉁불퉁한 느낌을 받았다.

"등에 뭔가 있는 거 같은데……. 마치 글자 같은데요?"

"어디 어디, 엥? 빈손이 네 말대로 무슨 글자가 새겨져 있는 거 같은데……. 뭐가 보여야 읽든지 말든지 하지. 가. 로. 으. 곳……. 이게 무슨 소리야."

"그건 분명히……."

목쉬네는 뭔가 집히는 구석이 있는 것 같았다.

"이건……. 외계인이 새기고 간 걸 거야."

그럼 그렇지. 목쉬네 엉뚱한 건 정말 알아줘야 한다니까.

"반대로 새겨진 이걸 제대로 볼 수만 있다면 뭔가 알아낼 수도 있을 거 같기도 한데……."

"그래요? 그럼 조금 특별한 방법을 써보면 알 수 있을지 몰라요. 잠깐만요."

노빈손은 목쉬네의 가방을 열고 무엇인가를 열심히 찾기 시작했다.

"야, 너 또 내 물건 가지고 무슨 짓을 하려고!"

"찾았다. 친구, 미안~."

"그건 내 화장품이잖아."

빈손이는 연회장에 가려고 얼굴을 꾸미던 목쉬네의 모습을 떠올리고 분장도구를 찾아낸 것이다.

"그걸로 뭐 하려고?"

"기다려 봐~."

노빈손은 분장도구에서 립스틱을 꺼내 조각상의 뒤편에 색칠하기 시작했다.

"너 지금 뭐 하냐. 남의 살림 거덜내려고 그러는 거냐?"

목쉬네의 계속되는 투덜거림에도 아랑곳하지 않고 노빈손은 양피지를 꺼내 칠한 곳에 덮은 후 골고루 다림질 하듯 꼼꼼하게 문지르면서 눌렀다. 그리고 판화에서 종이를 떼어내는 것처럼 조심스럽게 양피지를 떼어냈다.

조각상에 새겨져 있던 글자가 선명하게 양피지에 나타났다.

"햐, 대단해. 이제 글자가 똑똑히 보이는걸. 빈손이 너 다시 봤다."

아낄레우스는 입에 침이 마르게 노빈손을 칭찬했다.

"아, 난 왜 이렇게 완벽한 거야. 잘생긴 외모에 똑똑한 머리까지. 난 아무래도 기억을 잃어버리기 전에 천재였나봐."

노빈손의 자화자찬에 목쉬네가 입을 삐죽거렸다.

"이 비싼 것들을……."

"아저씨, 이제 뭐라고 쓰여 있는지 읽어 봐 주세요."

페니키아는 라틴어로 포에니를 뜻해. 이들은 무역을 하면서 지중해 식민지를 건설했는데 그중 하나가 포에니 전쟁으로 멸망하게 되는 카르타고야. 이들이 남긴 것이라면 무엇보다 최초의 표음문자일 거야. 알파벳의 기초가 된 문자니까.

"흠. 어디 자세히 좀 볼까?"

아낄레우스가 더듬더듬대며 양피지에 묻은 립스틱 글자들을 읽어나갔다.

"초승달이 잠들어 있는 곳

검은 눈이 내리는 그곳에서

물에 뜨는 돌을 타고 강을 건너면

거기 다른 세상의 문이 열리리라.

나비의 마음을 움직이는 자만이

신의 불을 보리라."

로마에 영향을 끼친
에트루리아 문명
로마에 가장 많은 영향을 끼친 문명이지. 로마에게 그리스와 오리엔트의 문명을 전달해 준 통로였으니까. 우리가 흔히 로마의 것이라고 알고 있는 아치 역시 이들이 전해온 것이고 로마 초기의 왕정 시대가 바로 이들 에트루리아의 도시에 속해 있던 시절이었거든. 이들은 로마식 이름과 전차경주, 옷 등에 걸쳐 많은 부분에 영향을 준 문명이었어.

"이게 뭐야? 초승달이 잠들어 있다니. 그리고 검은 눈은 뭐고, 물에 뜨는 돌은 또 뭐야?"

"검은 눈…… . 검은 눈이 내리는 곳이라……."

또다시 미궁이다. 세 사람은 양피지를 앞에 놓고 머리를 맞대고 생각에 잠겼다.

"세상에 검은 눈이 어디 있어. 그런 게 있으면 팔아서 내가 진작에 한몫 단단히 챙겼겠다."

아낄레우스의 시큰둥한 말에 목쉬네가 핀잔을 주었다.

"으이그, 뭐든지 그대로 받아들이려고만 하니까 발전이 없는 거예요."

"뭐라고?"

티격태격하는 두 사람 사이에서 노빈손이 갑자기 손뼉을 쳤다.

"그래! 목쉬네의 말처럼 이건 검은 눈처럼 보이는 다른 어떤 것을 말하는 걸지도 몰라. 예를 들면 꽃잎이 떨어지는 모습이라든지……."

노빈손이 오랜만에 그럴듯한 소리를 하자 목쉬네가 맞장구를 쳤다.

"그렇지? 난 감성이 풍부해서 가끔 밀가루가 흩날리는 모습이 눈처럼 여겨질 때도 있다니까. 뭐 아저씨 머리에서 떨어지는 비듬도 가끔은 진짜 눈처럼 보일 때도 있어요."

"왜 이래? 머리 감은 지 일 년도 안 됐는데……. 물 아껴야 잘살지."

목쉬네는 아킬레우스로부터 저만큼 떨어져 앉았다.

"짐승!"

검은 눈, 검은 눈, 그 와중에도 빈손은 검은 눈에 대한 이미지를 계속 떠올려 봤다.

검은 구름, 검은 비, 검은 재……. 검은 재? 화산이 폭발하고 나서 화산재가 떨어지면 검은 눈으로 보일 수도 있겠다는 생각에까지 이르렀다.

"아킬레우스 아저씨, 혹시 근처에 화산 없어요?"

"화산? 왜 없겠어. 그런데 그건 왜?"

"화산이요. 화산재가 떨어지는 모습이 검은 눈처럼 보일 수도 있을 것 같아서요."

인도네시아의 탐보라 화산, 들어본 적 있어? 1815년에 있었던 이 화산의 분화가 역사상 가장 큰 것이었다고 해. 폭발할 때의 소리가 1천 700km나 떨어진 곳에서도 들렸고, 화산재가 200km 떨어진 곳까지 날아와서 깜깜해졌다고 하니까 정말 무시무시했었나봐. 그때 무려 9만 2천 명이 죽었다지 뭐야.

노빈손의 말에 모두 얼굴이 밝아졌다.

"오~ 그거 그럴 듯한 생각인데. 그런데 너 화산을 직접 본 적이 있어?"

"본 적은 없는데. 어떤 과거의 기억들이 문득문득 생각나는 거 같아요. 그럴 때마다 어떤 단어나 방법들이 떠올라서 나도 모르게 중얼거리게 된다니까요."

"헐, 돗자리 펴야겠다."

"그럼 뭐해요. 화산이 한두 개도 아니고……. 어느 세월에 그 많은 화산들을 다 가보냐구요."

"목쉬네의 이야기를 듣고 보니 정말 그러네. 어느 하나를 찍어서 갈 수 있는 것도 아니고……."

갈수록 태산이었다. 아낄레우스 덕분에 가슴 여러 개 달린 여자를 만나게 되었고, 검은 눈이 화산재를 의미하는 것도 알아냈는데……. 도대체 그 많은 화산 중에 신의 불이 있는 화산은 도대체 어느 것이란 말인가? 양피지에 적힌 내용을 곰곰이 되새기던 노빈손의 눈이 갑자기 빛났다.

"아저씨! 혹시 분화구가 초승달처럼 생긴 화산도 있나요?"

"아, 물론이지. 폼페이에 있는 베수비오 화산의 분화구가 초승달 모양을 띠고 있지. 가만……. 그렇다면?"

"서두르자고요, 나의 아티스트적인 직감이 그곳에 분명히 우리가 찾고 있는 그 무엇인가가 기다리고 있다고 말해주니까."

목쉬네도 베수비오 화산이 맞다는 확신이 드는지 흥분해

서 소리쳤다. 세 사람은 다시 신의 불을 찾아나서기 위해 결의를 다졌다. 이때 누군가의 고함 소리가 들려왔다.

"앗, 저기 있다. 저기 탈영병들이 있다."

"아, 어느새 여기까지?"

"튀어!"

세 사람은 눈썹이 휘날리도록 뛰어 달아났다.

배를 타고 폼페이로

웅성웅성.

누군가 이쪽으로 다가오는 소리가 들렸다. 세 사람은 동작을 멈추고 바실리카의 그림자로 몸을 숨겼다.

"눈앞에 보고서도 놓치다니? 그러고도 너희가 대 로마제국의 위대한 피말리오 부대의 병사들이라고 할 수 있겠느냐!"

"죄, 죄송합니다. 워낙 쥐새끼들 같은 녀석들이라서……."

"에이, 시끄럽다. 이 녀석들. 내 꼭 잡아서 본때를 보여주마. 탈영할 때는 좋았겠지만 이렇게 병사들이 쫙악 깔려 이 잡듯이 뒤지는데 지들이 안 잡히고 배기겠어?"

"그렇습니다. 세 명 다 워낙 눈에 띄는 자들이라 금방 잡힐 것입니다."

"하긴, 내가 그 얼굴이면 탈영도 안 했을 거야. 하하하! 자,

포룸 한쪽에는 마을회관, 법정, 공공 집회장소 등으로 쓰이는 커다란 건물인 바실리카가 있었어. 포룸에 모이는 많은 사람들 중에는 쿠리아라고 하는 평민회의원도 있었고, 자신들의 회관을 가지고 있는 길드라는 조합원들도 있었지. 지붕이 아주 높고 줄지어 늘어선 기둥들로 지탱되는 이 건물은 건물의 한가운데를 양쪽 복도로 나눠 사용했어. 이 정도면 만능 건물이지?

꾸물거리지 말고 어서 그 녀석들을 찾아내라!"

피말리오와 병사들의 발소리가 이내 멀어졌다.

"휴~."

건물 뒤에 숨어 있던 노빈손 일행의 등에서 식은땀이 흘렀다.

"피말리오 장군이 독이 올라도 단단히 오른 모양이군. 아무래도 이렇게 움직이는 건 너무 위험한 거 같아."

"너무 잘생겨도 안 좋은 거군요. 어머니, 왜 저를 이렇게 완벽하게 낳으셨나요."

노빈손이 절규하자 아낄레우스와 목쉬네는 언제나 그랬던 것처럼 빈손의 말을 무시했다.

"아저씨, 어디 개가 지나가나봐요."

"그러게 말이다. 그것도 한 마리도 아니고 여러 마리."

처음으로 목쉬네와 아낄레우스의 생각이 일치한 순간이었다.

"에이, 농담한 거 가지고 왜들 이러실까. 그나저나 로마 병사들이 좌악 깔려 있는데 어떻게 움직이나……."

"이대로 가다간 십 리도 못 가서 잡힐 것 같은데……. 육로로 못 간다면, 그럼 배로 가면 어떨까?"

"그래, 그거 좋은 생각이다. 로마 병사들은 옛날부터 뱃멀미 때문에 해전에 약했었어. 그래서 바다를 아주 싫어하거든."

"좋았어요. 그럼 당장 항구로 가자구요."

슬금슬금.

세 사람은 머리에 부대자루를 뒤집어쓰고 노빈손의 지시에 따라 일사불란하게 움직였다. 사람의 그림자가 눈에 띄지 않으면 자루를 머리에 쓴 채 잽싸게 뛰었다가 인기척이 느껴지면 다시 자루를 뒤집어쓰고 제자리에 멈춰 섰다.

"어, 누가 여기에다 자루를 가져다 놓은 거야?"

"그러게, 못 보던 건데……. 수상한 걸? 어디 뭐가 들어 있나 한번 찔러볼까?"

운도 없지. 하필 항구를 순찰 돌던 로마 병사의 눈에 띌 줄이야. 조금만 더 가면 바로 부두에 다다를 텐데…….

자루를 뒤집어쓴 세 사람의 심장이 덜컥 내려앉았다. 그리고 누가 먼저라고 할 것 없이 "튀어!"라는 소리와 함께 자루를 벗어 던지고 달아났다.

"달아날 때라고는 바다밖에 없는데!"

"망설일 틈이 어디 있어요? 바다로 뛰어 들어요!"

급한 김에 노빈손은 바다로 뛰어 들었다. 뒤따라온 목쉬네와 아낄레우스도 '첨벙!' 하는 소리와 함께 노빈손의 뒤를 따랐다. 늦게야 이들을 쫓아온 피말리오 장군이 부두에서 깡충깡충 뛰며 소리를 쳤다.

"뭐 하고 있어. 창이라도 던지라고!"

무거운 갑옷을 입고 있던 병사들은 감히 바다에 뛰어들 생각은 못 하고 애꿎은 창과 칼만 노빈손 일행을 향해 던져댔다.

어푸, 어푸!

'가만, 내가 헤엄을 칠 줄 알았나?'

순간, 빈손의 몸에서 힘이 빠져 나가는 것 같았다.

"으악, 살려주셉, 꼬르륵~ 살려주세요!"

바다 한가운데에서 빈손은 가라앉았다 떠올랐다 하며 허우적거렸다.

"어, 뭐야! 빈손이가 갑자기 왜 저러는 거지?"

뒤따라 헤엄쳐 오던 두 사람은 노빈손의 갑작스런 행동에 당황해 어찌할 바를 몰랐다. 그때였다. 누군가가 노빈손을 배 위로 끌어올렸다. 그리고 나머지 두 사람도 끌어올려졌다.

"야, 노빈손. 눈 좀 떠 봐. 정신차리라구! 엉엉엉~."

아낄레우스와 목쉬네는 정신을 잃은 채 쓰러져 있는 노빈손이 죽은 줄 알고 호들갑을 떨었다. 하지만, 노빈손을 건진 사나이가 응급처치를 하자 다행히도 노빈손의 정신이 돌아왔다.

"으~ 여, 여기가 어디야?"

"빈손아, 괜찮아?"

"야! 헤엄도 못 치면서 어떻게 바다에 뛰어들 생각을 한 거야?"

"그렇다고 가만히 앉아서 붙잡힐 수는 없잖아요. 헤헤."

"지금 웃음이 나와? 이 분이 아니었으면 지금쯤 우린 물고기 밥이 되었을 거라구!"

"아~ 감사해요. 저를 구해주셨다구요? 이 은혜를 어떻게

로마 군은
해전에 약하다?
로마인들은 포에니 전쟁이 일어나기 전까지는 해전의 경험이 전혀 없었어. 그래서 포에니 전쟁이 장기화되자 배를 만들기로 결심을 하지. 하지만 알아야 만들지. 결국 난파한 카르타고의 배를 연구, 노력한 끝에 함대를 바다에 띄울 수 있게 되었어. 로마인들의 끈기와 집념이 정말 대단하지 않아?

갚아야 할지……."

노빈손은 아직 불편한 몸이었지만 자리에서 일어나 청년에게 고마움을 표했다.

"아니요. 고맙긴요. 그것보다 누구한테 쫓기고 있나 보죠?"

빈손이 일행을 구해준 사람의 눈에서 순간 빛이 났다.

"이보게, 젊은 총각. 우릴 위기에서 구해준 건 고맙네. 하지만 너무 깊은 곳까지 알려고 하면……."

순간 둔탁한 소리와 함께 아낄레우스가 배 위에 내동댕이쳐졌다.

"총각이라뇨! 어딜 봐서 내가 총각이에요?"

'오잉! 총각이 아니라고?'

순간 바닷바람이 불어와 청년이 걸치고 있던 외투를 벗기자 햇살 아래로 모습이 드러났다. 구릿빛 피부에 역도선수만큼이나 잘 발달된 근육. 울퉁불퉁한 그 근육 하나하나에 바람을 넣은 것처럼 탄탄해 보이는 동시에 서로가 균형을 이뤄 놀랍도록 멋진 조화를 이룬 몸매, 그리고 앙증맞게 양 갈래로 땋은 머리. 잉? 양 갈래로 땋은 머리라고? 그럼 여자잖아!

"내가 어렸을 때 약을 잘못 먹어서 그렇지. 이제 스무 살 꽃띠 숙녀라구요."

"총각, 아니 아가씨. 오해해서 미안. 남자로 알고서 우리 모두 실수했어."

"그래요? 그렇다면 이제 자초지종을 말씀해주시죠."

"아, 그건 곤란한데요."

빈손은 머리를 긁적거렸다.

"어쩔 수 없군. 그렇다면 모두 배에서 내려줄 수밖에!"

"에, 설마?"

"설마라니, 그럼 아저씨부터 내려줄까요?"

근육질의 여인은 아낄레우스를 번쩍 들어 금방이라도 내던질 기세였다. 바다에서 자신들을 건져주었을 때와 전혀 다른 모습이었다.

"아, 알았어요. 말, 말해줄 게요!"

다급한 나머지 빈손이가 외쳤다. 그때, 목쉬네가 빈손을 가로막았다.

"안 돼! 생전 처음 보는 사람을 어떻게 믿고! 내 아티스트적인 감성이 저 남자, 아니 여자한테서 뭔가 수상한 냄새가 난다고 말하고 있어."

"그래? 그렇다면 널 먼저 내던져줘야겠군."

근육질의 여인이 다른 한 손으로 목쉬네를 잡아 들었다.

"아, 농담, 농담. 웃자고 한 말이에요. 사실은……."

겁에 질린 목쉬네는 여태까지 있었던 모든 일들을 속사포처럼 털어놓았다.

목쉬네의 설명을 듣는 근육질 여성의 눈빛이 좀 전보다 더 반짝거렸다.

"그랬었군. 잘됐네. 나도 너희들 여행에 동참시켜 줘."

138

로마인들은
고집피나를 닮았다
로마에서 인골을 분석해 본 결과, 인간은 중세 1천 년이 지난 뒤 르네상스 전성기가 되어서야 비로소 로마제국 전성기 때의 체격으로 돌아갔다고 해. 그만큼 로마의 생활수준이 높았다고도 볼 수 있는데 중세의 주택보다 로마의 방이 훨씬 널찍했다는군.

"에, 뭐라구요?"

"사실, 난 어떤 귀족 집안의 노예였는데 모시고 있던 귀족의 학대와 구박이 너무 심해서 배를 훔쳐 도망 나왔거든. 어차피 갈 데도 없고……. 부탁할게."

근육질 여인의 이야기에 심각해진 세 사람은 머리를 맞대고 회의를 했다.

"어쩔 수 없잖아. 이 바지선도 저 여자애 거고……."

"아낄레우스 아저씨 말이 맞네요. 그리고 여자라고는 하지만 우리보다 힘도 세니까 보디가드로도 좋잖아요."

"난 반대야!"

목쉬네가 두 사람의 동의에 찬물을 끼얹었다.

"생전 처음 보는 사람을 어떻게 믿고……. 아까도 말했지만 무엇보다 나의 아티스트적인 감성이 수상한 냄새가 난다고 말해주고 있다니까."

하지만 이미 아낄레우스와 빈손은 목쉬네의 의견을 무시한 채 근육질의 여인과 어울려 수다를 떨고 있었다.

"근데 넌 이름이 뭐야?"

"나? 이름?"

근육질의 여인은 꽤 긴 시간 동안 기억을 더듬어 자신의 이름을 생각해냈다. 노예로 오랜 기간을 지내 자신의 이름도 잊은 모양이었다. 노빈손은 그런 그녀가 측은했다.

"난 고집피나야. 근데 이름은 왜?"

로마인이라는 표시
'SPQR'
로마인들은 가는 곳마다 자기들의 표시를 남겼는데 바로 'SPQR'이라는 글자였어. 이것은 '로마의 원로원과 시민'이라는 뜻이지. 오늘날에도 로마의 버스와 하수구 덮개에는 이 문자들이 쓰여 있어.

"왜긴, 이제 같은 팀인데 이름 많이 불러주려고."

노빈손의 말에 근육질의 여인은 당황한 듯 보였다.

"어? 응. 고, 고마워. 앞으로 잘 부탁해. 참, 폼페이로 가는 뱃길이라면 내가 잘 알아. 전에 바지선을 타고 몇 번 왔다 갔다 한 적이 있거든. 내가 지름길로 데려가 줄게."

"잘됐다. 고집피나 덕분에 더 빨리 폼페이에 도착하게 되겠는걸."

배는 순풍을 타고 더 큰 넓은 바다를 향해 미끄러지듯이 흰 물살을 일으키며 속도를 내기 시작했다. 고집피나가 엄청난 팔 힘으로 노를 젓자 바지선은 순식간에 쾌속선처럼 물 위를 경쾌하게 미끄러졌다.

세이렌의 최면에 걸리다

"이게 무슨 일이지?"

"저것 봐, 거대한 구름이야!"

서서히 움직이던 구름은 어느새 신의 불 원정대가 탄 바지선에까지 드리워지더니 순식간에 어둠을 만들어냈다.

"혹시, 태풍이 불어오려나?"

걱정스런 맘으로 노빈손이 고개를 들어 하늘을 보니 커다란 새들이 불길하게 원을 그리며 돌고 있었다.

"엄청 큰 새들이 배 위를 돌고 있는데요. 새 정말 크다!"

"그러게, 저것들이 똥이라도 싸면 배에 구멍 나겠는데. 저리 가, 물럿거라. 훠이, 훠이!"

아낄레우스가 오도방정으로 새를 쫓았지만 새들은 점점 더 낮게 비행하며 배와 가까워지고 있었다.

배의 흔들림이 심상치 않았다. 어디선가 불어오는 바람에 서서히 높아지기 시작한 파도는 어느새 키를 훌쩍 넘겨버릴 만큼 거친 풍랑으로 바뀌었다. 배는 물에 뜬 장난감 종이 배처럼 볼품없이 휘청거렸다.

콰아아아아!

어디서 폭포 소리가 들리는가 싶더니 바다 한가운데 소용돌이가 나타나 점점 강한 물살로 바닷물을 빨아들이기 시작했다. 노빈손 일행이 탄 바지선 역시 자석처럼 소용돌이 속

세이렌은 아름다운 노랫소리로 뱃사람을 유혹해 죽음으로 이끄는, 그리스 신화에 등장하는 괴물이야. 상반신은 여자, 하반신은 새의 모습을 하고 있는데 처음에는 페르세포네의 시녀였어. 하지만 페르세포네가 하이네스의 꼬임에 넘어가는 것을 막지 못했다는 이유로 날개가 달린 괴물이 되었지.

으로 서서히 이끌려 갔다.

"으, 으악! 큰일이다. 아낄레우스 아저씨, 더 빨리 반대 방향으로 노를 저으세요!"

"나도 젖 먹던 힘까지 다 써서 젓고 있다고. 그나저나 목쉬네 저 녀석은 어떻게 이런 상황에서도 잠을 잘 수가 있지? 이봐, 목쉬네! 눈 좀 뜨라고!"

바람이 더욱 거세지고 파도가 미친 듯이 날뛰었다. 눈앞에 벌어진 일을 해결하기에도 바빠 죽을 지경인데 머리를 쪼개는 듯한 금속성 강한 소리가 들려오기 시작했다. 순간 아낄레우스의 눈이 구멍 난 도넛의 가운데처럼 멍해지는가 싶더니 갑자기 벌떡 일어나 배에서 뛰어내리려고 했다.

"아낄레우스 아저씨……. 왜 이러세요. 정신 차리세요."

빈손은 가까스로 아낄레우스를 뒤에서 끌어안아 이를 제지했다.

끼이이이익! 끼이이익!

그렇다. 노랫소리! 멀쩡하던 마른하늘에 먹구름과 잔잔하던 바다에 풍랑을 몰고 온 주인공이 바로 노빈손 일행이 탄 배 위에서 흘러나오는 노랫소리였던 것이다. 그 노랫소리가 아까보다 더 크게 배의 주변을 맴돌았다.

"빈손아, 저기, 저 하늘을 봐봐! 새 머리가……."

고집피나가 소리쳤다.

"하늘의 새가 어떻다고?"

'이럴 수가. 몰려들었던 구, 구름이 모두 새였었다니!'

고집피나의 외침에 하늘을 올려다본 빈손은 경악을 금치 못했다.

휘이이잉~.

구름으로 착각했던 거대한 새들이 수면에 닿을 듯 말 듯 배 근처를 저공비행하였다.

"으아악. 인간이냐, 새냐. 이 조류대사전에도 등록 안 된 놈들아. 우린 벌레가 아니야. 저리 가, 저리 가라고!"

거대한 새의 머리는 놀랍게도 사람의 얼굴을 하고 있었다. 노빈손은 새를 쫓으며 이리저리 노를 들고 갑판 위를 부지런히 쫓아다녔다.

"저건……. 세이렌이야. 전에 들은 적이 있어. 저 새의 노랫소리를 들은 사람은 모조리 바다에 빠져 유령이 된다는……."

혼자서 열심히 노를 젓던 고집피나도 넋이 나간 듯 쥐고 있던 노를 놓았다.

끼이이이익! 끼이이이익!

또다시 노래가 들려왔다. 어느새 고집피나와 빈손의 동공도 멍하게 풀어져 있었다. 이제 배는 아무런 장애 없이 소용돌이로 향해 나아가고 있었다. 이대로 가다가는 물살에 휩싸여 어딘가 끝인지도 모를 바닥을 향해 배가 고꾸라지고 말 판국이었다. 세이렌들의 노랫소리는 더욱 커져 고막을 찢을

세이렌의 유혹을 이겨낸 또 한 사람, 오디세우스
그리스 신화의 영웅이자 호메로스의 서사시 '오디세이아'의 주인공인 오디세우스 역시 세이렌의 유혹을 이겨낸 사람이었어. 오디세우스는 키르케의 충고를 받아들였기 때문에 위험에서 벗어날 수 있었지. 오디세우스는 부하들의 귀를 밀랍으로 막고, 세이렌들의 노래에 말려들지 않도록 부하에게 자신을 돛대에 묶어놓게 했지. 어떠한 일이 있어도 절대로 자신을 풀어주지 말라고 하면서 말이야.

듯이 파고들었다.

그 소리에 깼는지 목쉬네가 눈을 떴다.

"아니, 시끄러워서 잠을 잘 수가 있나. 누구야? 돼지 멱따는 소리로 노래를 하는 게. 아니, 이건 또 뭐야. 새잖아? 참 나, 요샌 개나 새나 다 가수한다고 설쳐요. 감히 이 목쉬네랑 노래대결을 해보잔 말이지?"

목쉬네는 목을 풀기 시작했다.

"아, 아, 마이크 시험 중. 하나 둘 셋 험험, 그동안 노래 못해 목이 근질근질 했는데⋯⋯. 잘됐다. 자, 그럼 각오는 되었겠지? 새가 날아든다. 왠갖 잡새가 날아든다. 새 중에는 전세, 월세, 사글세, 쎄쎄쎄, 아 글쎄~ 새야 새야 녹두밭에 앉지 마라 녹두밭에 앉으면 미워할 거야아악~ 촤앙 촤앙 촤아아아~."

목쉬네가 노래를 시작하자 홀린 듯 멍한 얼굴로 풀린 눈을 하고 있던 세 사람의 동공이 다시 원래의 눈빛으로 돌아왔다. 일행들은 모두 긴 잠에서 깨어난 듯한 모습이었다.

"세이렌의 노래를 들으면 정신을 잃게 된다는데⋯⋯. 목쉬네의 노랫소리가 우릴 깨웠어."

그때 소용돌이에 가까이 와 있음을 알아차린 빈손이 외쳤다.

"앗! 어서 배를 돌려요. 더 힘차게 노를 저으라구요!"

아낄레우스와 고집피나는 소용돌이의 사정권에서 벗어나기 위해 필사적으로 노를 저었다. 그러는 동안에도 목쉬네의

세이렌과 유사한 전설.
로렐라이
로렐라이는 라인 강가에 있는 132m 높이의 절벽 이름이야. 전설에 따르면, 로렐라이라고 불리는 금발의 긴 머리를 한 소녀가 저녁에 라인 강가의 큰 바위에 앉아 자신의 긴 황금빛 머리를 빗으며 사랑스런 멜로디를 노래했다고 해. 그런 그녀의 외모와 노래는 너무 매혹적이어서 라인 강 위에 있던 뱃사람들이 로렐라이를 쳐다보았고 그 사이에 배들이 암초에 부딪혀 침몰하여 사람들이 목숨을 잃었다고 해.

세이렌 살려!
뭐 저런게 다있냐?
일~잉~
추락하는 것은 날개가 있다.
새가 날아듣는다~!
웬갖 잡새가 날아든다~!
짱~
짱~
사람살려!

노래는 쉬지 않고 메들리로 이어졌다. 세이렌과 목쉬네는 서로 지지 않으려고 쉼 없이 노래를 불러젖혔다. 그러나 누가 당해낼 수 있으랴. 지치지 않은 예술 혼을 지닌 사나이를!

차츰 나는 것도 포기하고 날개로 귀를 막으며 괴로워하는 세이렌들.

세이렌들은 어느새 눈물을 흘리며 큰 날개를 파리마냥 비벼대며 용서를 구하고 있었다.

"그래, 너희에게 자유를 허락해주지. 떠나라. 그리고 피나는 연습을 통해 실력이 향상되면 그때 다시 와라!"

세이렌들은 고맙다고 몇 번이나 절을 하며 날아갔다.

세이렌들이 멀어지고 바다는 다시 잠잠해졌다. 노빈손은 새삼 감탄 또 감탄했다.

"목쉬네 저 녀석의 목소리는 정말 어떻게 된 것일까. 노랫소리로 듣는 사람들의 혼을 빼앗는 세이렌마저 굽실거릴 정도니……."

신화 속에 등장하는 괴물, 메두사
원래는 아름다운 소녀였으나 포세이돈과 아테나 신전에서 사랑을 했기 때문에 아테나의 저주로 추악한 괴물로 변했어. 둥글고 기괴한 얼굴에 수염이 나고, 머리카락 대신 뱀이 머리에서 꿈틀대며 몸체는 멧돼지, 손은 청동, 거기다 눈까지 부릅뜨고 있어서 누구든 메두사의 눈을 본 사람은 돌로 변했다고 해.

고대 로마
최고의 멋쟁이는 누구일까?

로마, 속속들이 헤집고 다니기

직업이나 신분에 맞게 옷을 입어야 했던 고대 로마 사람들. 우리의 주인공들을 통해 살펴본 고대 로마 패션의 세계. 이름하여 고대 로마 패션 쇼쇼쇼~ 베스트 드레서를 뽑아보자. (혹시 고대 로마에 올 계획이 있으신 분들은 참고하세요.)

화려하고 우아한 아름다움의 주인공, 시치미나 패션

속옷 위에 양털이나 아마포로 된 튜니카를 입었으며 그 위에 망토(스톨라)를 둘러 우아함을 더했다. 귀를 뚫어 청동이나 유리로 만든 귀걸이를 했으며, 팔찌나 목걸이로 화려한 멋을 더했다. 뭐니뭐니 해도 포인트는 가발 쓴 머리.

머리 모양새를 마무리하기 위해 곱슬거리는 가발을 써 색다른 멋을 추구하기도 했다.

시치미나의 뽀얀 피부의 비밀은 분필가루나 흰 납으로 만든 화장품. 볼과 입술에는 붉은 흙을 써서 귀여움을 돋보이게 했다.

로마는 내가 지킨다,
걸어 다니는 이삿짐센터 아낄레우스 패션

농사에서부터 건축, 전쟁 등 다양한 일을 하는 로마 병사답게 이삿짐센터를 방불케 할 만큼 짐이 많은 것이 코디 포인트. 등에는 배낭과 먹을 것, 포도주나 물을 담는 가죽병, 냄비와 그릇, 모직 외투, 풀을 베는 도끼, 도랑을 파는 곡괭이 등 40kg 이상의 짐을 짊어지고 다녀 어떤 명령이든 완벽하게 수행한다. 손에 든 창과 방패가 없었다면 짐꾼으로 착각했을 수도 있다. 모직으로 된 튜니카 위에 금속 조각을 가죽 띠로

연결한 가슴받이를 해 적으로부터 몸을 보호하고, 허리에는
계급을 상징하는 동시에 다리 사이를 보호해주는 허리띠를
둘렀다. 가죽 띠 아래로 늘어뜨리는 무거운 장식은 철거덕
소리를 내 적을 위협하는 데 도움이 되었다. 지휘관들은 머
리에 쓰는 투구에다 깃털을 달아 병사들이 자신을 알아보도
록 했다.

집정관의 품위를 온몸으로 보여준다, 카이사로 패션

끝부분이 곡선으로 처리된, 길이가 무려 6미터나 되는 천
조각을 몸에 휘감은 후 어깨에 두르는 토가는 카이사로 패
션의 포인트. 노예가 도와줘야만 입을 수 있는 불편한 옷이
지만 상대방에게 아주 강한 인상을 준다. 평민들은 흰색 토
가, 원로원 의원들은 보라색 테두리를 두른 토가, 황제는 보
라색으로 만든 토가를 걸쳐 신분을 나
타내기도 했다. 가끔 이불 대용으
로 사용해도 될 것 같은
토가는 무겁지만
품위를 보여주
는 중요한 역할
을 한다.

149

얼굴을 가리는 투구를 써 사람들의 궁금증을 유발하도록 했다. 이것을 쓰면 머리를 훌륭하게 보호할 수 있으나 주위를 잘 볼 수 없는 것이 단점일 듯하다. 손에 들고 있는 작은 방패를 들어 가벼우면서 몸을 보호하는 도구로 썼다. 또 목과 팔을 보호하는 가리개와 무릎 보호대는 화려해 보이긴 하지만 치명적인 타격을 막아주지는 못한다. 칼 대신 그물, 채찍 등 다양한 무기를 선택해 포인트를 줄 수 있다.

아마포로 된 소매 없는 튜닉을 입고 허리끈을 질끈 둘러 상체와 하체를 구분해주는 것이 목쉬네 패션의 포인트. 가죽으로 얼기설기 엮은 샌들을 신었으며 좀 추운 지역에서는 단화와 장화를 착용한다. 대부분의 노예들이 이런 차림을 하고 지냈다. 개목걸이처럼 노예임을 표시하는 목걸이를 걸어야 했고, 이마나 다리에 주인의 재산임을 나타내는 낙인이 찍히기도 했다.

5

뜻밖의 환영 인파

좌아아악.

노빈손 일행을 태운 바지선은 유유하게 바다를 헤쳐 나갔다. 노를 잡고 있던 고집피나가 말했다.

"저기 보이는 섬이 폼페이야. 곧 도착할 테니까 모두들 준비해."

"와, 드디어 다 온 건가? 고집피나 덕분에 정말 빨리 왔는걸."

"맞아, 맞아!"

아낄레우스가 맞장구를 쳤다. 뿌옇게 흐린 하늘에서 바람을 타고 날아 온 이상한 가루들이 내려왔다. 대낮임에도 불구하고 햇빛이 희미해, 어둠이 섬을 뒤덮고 있었다. 매캐한 유황 냄새가 코를 찔렀다. 코를 타고 들어온 독한 냄새는 몸 곳곳에 스며들어 이상을 일으킬 것만 같았다.

"검은 눈이야."

베수비오 화산으로부터 바람을 타고 화산재는 마치 눈처럼 날리고 있었다.

"와, 그럼 제대로 찾아온 거네."

"아이고, 기관지야. 가수는 목이 생명인데. 이거 목에 치명적인 거 아냐?"

목쉬네가 앓는 소리를 하며 옷으로 급히 얼굴을 가렸다. 고집피나와 노빈손도 코를 감싸 쥐었다.

79년 8월 24일 한여름, 베수비오 화산의 대분출이 일어났어. 그리고 사흘이 지나자 분화가 멈추고 눈부신 태양이 다시 떠올랐지. 그러나 2만 명이 살던 로마의 화려한 도시 폼페이는 한 채의 건물, 한 사람의 자취도 없이 모두 화산재와 용암 아래 파묻히고 말았어. 62년 2월 5일 거대한 지진이 일어나 도시 곳곳이 파괴된 지 17년 만의 일이었어.

“저길 봐.”

아낄레우스가 가리키는 곳에 울컥울컥 연기를 뿜어내고 있는 베수비오 화산이 보였다.

쿵!

드디어 배가 항구에 닿았다. 노빈손 일행은 서둘러 배에서 내려 베수비오 화산이 보이는 쪽으로 발걸음을 옮겼다.

“기다리고 있었다. 노. 빈. 손!”

‘이 목소리는 설마, 피말리오 장군?’

목소리가 나는 곳으로 몸을 돌려 보니 뜻밖의 환영 인파가 마중 나와 있었다.

“당신이 여길 어떻게…….”

노빈손은 그 자리에 얼어붙었다.

“너희들이 이곳으로 간다는 제보를 받았지. 이번 기회에 로마 군대 총사령관이 될 수 있었는데 너희들 때문에 탈영병이 생긴 부대로 찍혀서 면접에서 떨어졌다. 명예를 목숨보다 중요시 여기는 이 피말리오에게 무척 수치스러운 일이지. 각오는 되어 있겠지?”

순간, 배의 짐들을 옮기기 위해 대기해 놓은 마차가 빈손의 눈에 들어왔다. 노빈손이 일행들에게 나지막이 속삭였다.

“우리 앞쪽에 있는 마차, 다들 보이지? 내가 ‘튀어’ 하면 모두 그리로 달려, 알았지?”

“너희들 때문에 없던 신경통까지 생겨서 내가 얼마나 힘들

폼페이의 발굴 1
폼페이는 실제가 아닌, 전설 속의 도시라고만 믿고 있었어. 어디에서도 흔적을 찾을 수 없었거든. 그런데 1748년, 한 농부가 밭에서 일을 하다가 청동과 대리석을 발견하게 돼. 사람들은 이곳에 관심을 갖게 되었고 1860년, 고고학자 피오넬리 교수는 1세기경에 활동하던 로마의 역사가 플리니우스가 쓴 고문서를 발견하고는 폼페이 발굴을 시작하지. 땅 속에는 폼페이의 당시 모습이 거짓말처럼 거의 원형 그대로 보존되어 있었어.

었는지 알아? 아이고 허리야……."

"괜찮습니까, 피말리오 장군님!"

곁에 있던 부대장, 늑장부리우스가 피말리오 장군을 부축했다.

"이때다. 튀어!"

노빈손의 외침과 동시에 신의 불 원정대는 마차를 향해 뛰어갔다.

"뭐, 뭐야! 늑장부리우스. 뭘 꾸물거리고 있는 거야? 어서 저 녀석들을 붙잡지 않고……."

"네! 대 로마제국 병사들이여! 제군들은 이제 대 로마제국의 부대를 농락하고 탈영한 파렴치한 녀석들을 붙잡게 될 영광스러움을……."

"이봐. 늑장부리우스! 지금 연설할 시간이 어디 있어? 어서, 어서 출동 명령을 내리라니까!"

피말리오 장군이 부하 장군과 옥신각신하는 동안 신의 불 원정대는 마차에 도착해 재빨리 올라탔다.

"다들 아무 거나 꽉 붙잡아! 이랴!"

생전 처음 잡아 본 말 고삐였지만 빈손이 힘껏 잡아채자 말들이 큰 울음소리와 함께 달리기 시작했다.

"자, 잠깐! 고, 고집피나가 떨어졌어!"

"뭐라구? 고집피나가? 워어 워어워!"

말고삐를 잡아 당겨 마차를 멈춘 노빈손이 다급하게 외쳤다.

"떨어질 때 다리를 다쳤나 봐. 저기 쓰러져서 일어나질 못하는데……. 어쩌지?"

목쉬네가 가리키는 쪽에 고집피나가 쓰러져 다리를 붙잡고 괴로운 듯 뒹굴고 있었다. 그 뒤로 로마 병사들이 피말리오 장군이 탈 전차를 준비하느라 바쁜 모습이 보였다.

"목쉬네, 니가 고삐 좀 잡고 있어. 빈손아, 고집피나를 데리러 가자. 자 서둘러."

아낄레우스가 마차에서 내려 고집피나에게 달려가자 노빈손이 뒤따랐다.

"난, 놔두고 너희들끼리 달아나! 안 그러면 너희까지 붙잡히고 만단 말이야. 어서!"

자신에게 달려오는 빈손이에게 고통에 찬 목소리로 외쳤다. 어느새 고집피나의 곁에 다가온 노빈손과 아낄레우스가 고집피나를 일으켜 세웠다.

"무슨 소리! 우린 한 팀인데……. 죽어도 같이 죽고 살아도 같이 살아야지."

"맞아. 고집 피우지 말고, 자 힘내라고……."

빈손이 아낄레우스의 말에 맞장구를 쳤다.

뒤를 돌아보니 피말리오 장군이 부하들의 도움을 받아 전차로 몸을 옮겼다.

"이 녀석들! 그래 나랑 전차경주를 해보자 이거지? 내 직접 따끔한 맛을 보여주마!"

피말리오 장군이 "이랴!" 소리를 내자 건장한 말 4마리가 이끄는 쿼바드리가가 빈손이 일행을 향해 돌진해 왔다.

"자, 빈손아. 어서 올라타!"

언제 마차를 몰고 왔는지 목쉬네가 마차에서 뛰어내려 아낄레우스와 노빈손을 도와 고집피나를 마차에 태웠다.

빈손은 마차에 펄쩍 뛰어 올라타더니 채찍으로 말 궁둥이를 쳤다.

"이랴!"

"뭐야, 노빈손. 마차가 왜 이리 왔다 갔다 해?"

"당연하지. 나도 처음 몰아보는 건데……."

방향을 잡지 못한 마차는 이리저리 비틀거리며 길에 세워 놓은 짐들을 다 쓰러뜨리며 달리고 있었다.

찰싹찰싹! 다그닥다그닥!

궁둥이 살갖을 파고드는 채찍에 말들의 속도가 더욱 빨라진 피말리오 장군의 전차가 점점 가까워지고 있었다.

"푸하하하! 애송이 녀석들. 감히 이 피말리오 장군을 물로 보다니. 각오해라!"

"으아아악! 야, 빈손아 더 빨리 몰아. 잡힐 거 같단 말이야."

"나도 최선을 다하고 있다고."

고삐를 잡은 빈손의 두 손에 땀이 흥건히 젖어들었다. 큰 길을 질주하는 두 대의 마차. 사람들이 소리를 지르며 마차를 피하느라 정신이 없었고 길가에 세워진 다른 마차들은 피말리오가 몰아대는 전차와 부딪치며 산산조각이 났다. 어느 새 피말리오의 전차가 빈손이 마차를 따라잡는가 싶더니 순식간에 옆에 붙어 나란히 달리고 있었다.

"하하하! 이제 그만 포기하시지!"

철썩! 철썩!

피말리오 장군은 옆에서 달리고 있는 빈손이를 향해 채찍질을 했다.

"아악!"

채찍이 몸에 닿을 때마다 살점이 떨어져 나가는 고통스러움에 빈손은 비명을 질렀다.

"하하하! 어리석은 녀석. 그렇게 고통스러우면 멈추란 말이다. 에잇!"

피말리오의 채찍이 또 한 번 허공을 가르더니 빈손이에게 향하였다. 그때였다.

"잡았다!"

아낄레우스가 몸을 날려 피말리오의 채찍을 붙잡았다.

"뭐, 뭐냐. 이놈. 어서 그 손을 놓지 못할까!"

"흥, 절대로 안 되죠. 빈손아……. 어서 달려!"

"그래? 그렇다면 내 더 심한 고통을 안겨주지!"

피말리오 장군은 손에 쥐고 있던 채찍을 전차 고리에 묶는가 싶더니만 이네 전차의 속력을 내어 빈손이가 탄 마차 앞으로 나아갔다.

전차 경기자들은 경주할 때 자신의 팀을 상징하는 빛깔의 옷을 입었어. 로마에는 붉은색, 푸른색, 흰색, 녹색 이렇게 네 팀이 있었는데 각 팀마다 열성 팬들이 있었고, 전차 경기자들은 오늘날의 영화배우만큼이나 인기가 좋았대.

"으아아악!"

채찍을 놓치지 않으려 두 손으로 꽉 잡고 있던 아낄레우스의 몸이 앞으로 쭈욱 끌려 나갔다. 목쉬네가 깜짝 놀라 아낄레우스의 몸이 마차에서 떨어지지 않도록 꽉 붙잡았다.

"아저씨, 어서 그 채찍을 놔버려요! 이러다간 아저씨가 마차에서 떨어져 큰 부상을 입게 된다구요!"

"그, 그럴 순 없어. 그랬다간 저 무지막지한 인간이 또 이 채찍으로 빈손이를 때릴 거라고……."

"아, 아저씨!"

빈손의 눈에 눈물이 글썽거렸다. 피말리오 장군은 더 피말리게 전차 안에 있는 물건들을 집어던지기 시작했다. 노빈손의 마차를 세우기 위한 잔악함이 경주가 더해질수록 더욱 심해져 갔다.

쓰레기, 망치, 여분의 전차 바퀴, 먹다 남은 피자 조각, 스파게티 등. 노빈손이 모는 마차는 그 물건들에 걸려 '쾅쾅!' 소리를 내며 뒤집힐 뻔했다. 그럴수록 채찍을 붙잡고 있는 아낄레우스의 고통은 더해만 갔다. 더 이상의 고통을 견디기 힘들었는지 마침내 아낄레우스가 정신을 잃은 채 채찍에 매달려 가는 듯싶었다.

"아, 아저씨! 정신 차리세요. 네, 아저씨!"

목쉬네와 빈손이가 울부짖었다.

그때였다.

전차경주,
안전 지대가 없다
전차 기수들뿐 아니라 일반 관중들도 스릴 넘치게 관람을 해야 했지. 흥분한 관중들의 무게를 견디지 못한 목조 관중석이 종종 무너져 내렸었나봐. 안토니누스 피우스 때는 관중석 사고로 1천 112명이 목숨을 잃기도 했대.

잘 달리던 피말리오의 전차가 갑자기 공중에 뜨는가 싶더
니 뒤집어졌다.

"뭐, 뭐야 어떻게 된 거야?"

놀란 노빈손과 목쉬네가 어리둥절한 표정으로 고집피나를
바라보았다. 고집피나의 손엔 아낄레우스 손에 있던 채찍이
끊어진 채 대롱거리고 있었다.

'허걱! 여, 여자 맞아?'

빈손이와 목쉬네는 고집피나의 괴력에 다시 한번 놀랐다.

인간 병기의 등장

쌩.

노빈손은 전력 질주를 하듯 미친 듯이 마차를 몰았다. 더 이상 피말리오가 추격해 올 수 없음을 알면서도 무조건 달리고 또 달렸다. 올리브 나무 사이를 가르고 달릴 때 스치는 나뭇가지들에 의해 얼굴이 긁혀도 아픈지도 모른 채 무조건 달렸다. 베수비오 산의 나무들이 어둑어둑한 나무 그늘을 만들어내는 깊은 숲에 들어서서도 달리고 또 달렸다. 더 이상 마차가 달릴 수 없는 곳이 나타나서야 마차를 세웠다.

"헉헉— 이제 그만 달리자고. 심장이 터질 것 같아."

"이제 안 보이지? 아낄레우스 아저씨는 좀 어떤 거 같아?"

"잠시 기절하신 거 같아. 이제 곧 깨어나실 거야."

고집피나가 자신의 무릎에 아낄레우스를 누인 채 말했다.

"그런데 고집피나, 아까 어떻게 한 거야?"

"피곤하다. 나 먼저 잠자리에 들어도 될까?"

무엇 때문에 화가 났는지 고집피나의 태도가 냉랭했다.

해가 어느새 뉘엿뉘엿 기울어가고 있었다. 노빈손 일행은 마른 나뭇가지와 나뭇잎을 긁어모아 불을 피우고 불 주위로 모여 들어 자리를 잡고 누웠다.

"내일은 아주 험난한 하루가 될 거 같아. 푹~ 자 두라고!"

드르렁드르렁.

160

섬세한 예술가라는 목쉬네는 바닥에 머리를 대자마자 벌써 코를 골며 깊은 잠에 빠졌다. 빈손은 그런 목쉬네를 보며 혼자 씨익 웃었다.

'미운 정이 정말 무섭다니까.'

타닥타닥!

이제는 작아진 모닥불만이 소리를 내는 모두 잠든 밤, 검은 그림자가 살금살금 다가왔다. 원로원에서 파견한 걸어 다니는 무기, 인간 병기였다. 위기 상황인 줄도 모르고 노빈손 일행은 모두 정신없이 곯아 떨어져 단잠을 자고 있었다.

인간 병기는 모두가 잠든 걸 확인한 후 민첩하게 움직였다. 과연 평생을 혹독한 훈련을 받고 자란 날렵한 킬러다웠다. 사람들이 깨어나지 않도록 쭈그리고 앉아 숨죽여 짐 속에서 무엇인가를 찾았다.

부스럭부스럭.

'그게 어디 있지? 찾았다.'

드디어 찾았다. 인간 병기의 얼굴이 산삼을 캔 심마니처럼 밝아졌다. 그것은 식량을 담은 주머니였다.

'이것만 없애버리면 특히 먹을 것에 집착하는 빈손을 비롯해 다른 사람들도 힘을 못 쓸 테지.'

인간 병기는 주머니에 든 식량을 남김없이 먹어치웠다. 양이 좀 많긴 했지만 특수 훈련을 받은 인간 병기가 이쯤이야.

끄어억! 웁!

인간 병기가 음식을 먹으니까 잠깐 먹는 이야기 좀 할까? 로마의 포룸에서는 매점이나 거리 상인들에게서 간단한 음식을 사 먹을 수 있었는데 이 중에서 양념한 고기로 속을 채운 과자가 가장 인기 있었어. 장이 서는 날이면 포룸 가운데는 간이음식점을 세우는 상인들과 농부들로 붐비기도 했지. 어떤 맛이었을까?

저절로 트림 소리가 나자 얼른 입을 틀어막았다. 정말 배가 불러 먹을 수 없을 정도에 이르렀지만 눈물을 삼키며 정신력으로 먹어치웠다.

인간 병기는 로마 최고의 정예군답게 민첩하게 흔적을 없앤 후 아침에 깨어난 이들이 누가 음식을 다 먹어치운 거냐며 수선을 떨 모습에 흐뭇해하며 어둠 속으로 사라졌다.

다음 날 아침.

기운을 되찾은 것일까? 잠에서 제일 먼저 깨어나 식량이 사라진 사실을 발견한 건 아낄레우스였다.

"누구야, 여기 있던 음식 쓰레기 다 없앤 게? 퇴비로 재활용하려고 가지고 왔었는데. 어떤 짐승이 먹어치운 거야?"

"우욱~."

고대 로마인은 상당한 미식가였어. 그래서 식탁 위에는 아마도 무화과, 견과류, 포도, 달걀 같은 게 놓여 있었겠지? 그리고 오레가노, 루타, 박하, 타임, 파슬리, 허브는 뜰에서 막 뽑아온 신선한 걸 썼을 거야. 우리가 알고 있는 로마의 요리법 대부분은 2000년 전에 아피키우스라고 하는 로마 미식가가 모아 놓은 거라고 해.

물에 뜨는 돌의 비밀

쿠르르릉 쿠르르릉.

대지가 경련을 일으키듯 미세한 진동이 발끝으로 전해졌다. 베수비오 화산은 또다시 울컥울컥 연기를 뿜어내고 있었다. 화산이 내뿜는 열기로 분화구에서 꽤 떨어진 이곳까지 열기가 전해져 불가마에 들어앉은 것처럼 후끈거렸다.

"지진이 이 정도 되면 화산이 언제 폭발할지 모른다는 얘기긴데……."

노빈손 일행은 화산이 폭발하기 전에 서둘러 신의 불을 구하기 위해 분화구를 향해 등반을 시작했다.

쿠르릉.

또다시 땅이 거세게 요동쳤다.

"지진이 더 심해진 거 같지 않아? 금방이라도 폭발해 버릴 거 같다."

"이러다 불을 구하기도 전에 화산이 폭발하면 어쩌지?"

"안 돼! 난 아직 장가도 못 들었단 말이야. 억울하잖아!"

"어차피 살아나도 장가 들긴 힘들 텐데……. 뭘 억울해해요?"

"뭐라구?"

"맞잖아요. 아저씨가 돈이 많아요, 그렇다고 아는 게 많아요? 이것도 저것도 안 되면 얼굴이라도 잘생겼어요?"

"아유, 그만들 좀 해요. 서둘러 가도 모자란 판에 왜 허구한 날 둘은 눈만 마주치면 싸움이에요?"

노빈손이 아낄레우스와 목쉬네를 가까스로 떼어놨다. 이 중요한 순간에 애들처럼 싸우는 철없는 원정 대원들이라니……. 빈손은 앞으로의 일이 걱정스러웠다. 고집피나는 어느새 혼자 저 멀리 가고 있었다. 항구에서 다친 다리는 다 나았는지 아무렇지도 않게 산을 올라갔다.

결혼은 적어도
3번은 해야지
부유한 로마인들은 평
균 3번 정도 결혼을 했
어. 여성의 사망률이 높
고 이혼이 쉬워서이기
도 했지만 서로의 가문
을 위해서 정략결혼을
하는 경우가 많았기 때
문이야. 또한 태어난 아
이들이 어린이가 될 때
까지 살아남는 경우가 3
분의 2밖에 되지 않았
고, 20세까지 살아남는
아이는 그 절반에 불과
했기 때문에 간혹 아이
를 가지려고 아내를 서
로 교환하기도 했대.

'정말, 대단한 여자야!'

빈손도 서둘러 뒤를 부지런히 쫓았다.

산의 중턱을 넘어서면서 경사는 더욱 험해졌다.

'이제, 피말리오 장군이 쫓아오는 걸 포기했나? 더 이상 로마 병사들이 보이질 않으니……'

잠시 산 중턱에 서서 아래를 내려다본 빈손은 안도의 한숨을 내쉬었다. 하지만 지진으로 여기저기 갈라지고 드러난 바위들은 또 다른 걸림돌이 되어 빈손 일행의 앞길을 더욱 힘겹게 만들었다. 갈수록 더해가는 화산의 뜨거운 열기에 빈손이 일행은 장맛비라도 맞은 것처럼 땀으로 흠뻑 젖었다. 그러나 쉴 새 없이 진행되는 지진 때문에 잠시라도 숨 돌릴 틈 없이 발걸음을 재촉해야 했다.

"아이고 더는 못 가겠다."

아낄레우스가 길게 누워버렸다.

"나도 마찬가지야. 음반사 사장님이 온다 해도 한 걸음도 못 가겠어."

그 옆에 목쉬네도 따라 벌러덩 드러누웠다. 맨 꼴찌로 겨우 따라오던 빈손이 두 사람을 다그쳤다.

"허약한 남자들 같으니라구. 고것 올라온 것 같고 엄살은……. 저기 고집피나를 봐요. 여자인데도 말없이 잘 올라가고 있잖아요."

"정말, 어딜 봐서 여자라고 할 수 있겠어?"

"왜, 내가 보기엔 예쁘기만 하구먼. 어, 애들아 저길 봐!"

"보긴 뭘 봐요. 고집피나 몸이 근육덩어리인 거 처음 봤어요?"

"아니, 이 녀석아, 고집피나 말고. 저기!"

아낄레우스가 가리킨 곳은 절벽이었다. 마치 더 이상 분화구로의 접근을 막으려는 듯 길이 끝난 곳에 깊이를 알 수 없을 만큼 넓고 검은 호수가 빈손이 일행을 맞이하고 있었다. 호수 저편으로 초승달 모양의 분화구가 손에 잡힐 듯 보였다.

"저길 어떻게 건너가지? 헤엄쳐 가자니 빈손이가 수영을 못해서 힘들 거 같고……."

"어쩔 수 없네. 이쯤에서 그만 돌아가는 수밖에……."

"그걸 말이라고 해? 여기까지 오느라 우리가 얼마나 고생을 많이 했는데……."

목쉬네가 고집피나를 쏘아보았다.

"자, 그만. 제발 부탁이야. 힘을 모아 해결하기도 힘든 판에. 이제 다툼은 그만하고 방법을 찾아보자구, 어?"

빈손이 목쉬네의 어깨를 토닥거렸다.

"아저씨, 양피지에 뭐라고 적혀 있죠?"

"…물에 뜨는 돌을 타고 강을 건너면 다른 세상이 열릴 것이다. 이걸 보면 물에 뜨는 돌을 타라고 했어. 이게 말이 되는 거야?"

"도대체 신탁을 왜 이렇게 어렵게 써 놓은 거야. 좀 쉽게 써 놓으면 어디가 덧나나?"

종이,
무엇에 쓰는 물건인고?
고대 로마 시대에는 아직 종이가 발명되지 않아서 로마 사람들은 글을 쓸 때 종이 대신에 다양한 재료들을 이용했어. 파피루스나 양피지 같은 거 말이야. 글쓰기판은 밀랍을 녹여 나무 틀에 부어서 만들었는데, 쇠붓으로 밀랍을 긁어서 글씨를 썼지. 쇠붓의 뾰족한 끝으로 글자를 쓰고, 평평한 다른 쪽 끝으로는 잘못 쓴 글자를 문질러 지웠어.

"일단 아래로 내려가 보자!"

고집피나가 앞장서서 절벽에 매달리다시피 해 조심스럽게 내려가자 나머지 일행들도 그 뒤를 조심스럽게 따라 내려갔다.

"휴, 십년감수했네. 그나저나 고집피나는 어떻게 이런 곳을 잘 내려갈 수 있어? 정말, 대단해!"

아낄레우스의 칭찬에 아무 말 없이 목쉬네를 지켜보던 고집피나가 갑자기 목쉬네의 등을 후려쳤다.

"왜 그래? 목 마른 사슴이 물 좀 먹겠다는데……."

땀을 흘리며 절벽을 내려온 터라 목이 말랐던 목쉬네가 아무 생각 없이 호수의 물을 손으로 떠 마시려고 했던 것이다.

"화산이 있는 곳의 물은 산성이야. 마시면 몸에 안 좋다고."

고집피나의 말을 가만히 듣고 있던 노빈손이 손뼉을 쳤다.

"가만, 산성의 물이라면……. 혹시 돌이 물 위에 뜰 수 있을지도 몰라요. 모두들 흩어져서 눈에 보이는 돌이란 돌은 다 주워 와요."

빈손의 말을 이해하는 사람은 아무도 없었지만 일단은 그가 시키는 대로 물 위에 뜰 만한 돌들을 찾아 호수 주변을 이리저리 맴돌았다.

"찾았다. 찾았어요!"

노빈손이 제일 먼저 물에 뜨는 돌을 발견했다. 모두가 빈손이 곁으로 모여들었다.

"와, 정말 물 위에 떠 있네?"

“이 돌이 바로 부석이라고. 목욕탕에서 발꿈치 때 벗기는
데 쓰는 그 돌이에요.”

물에 떠 있는 돌 표면에는 크고 작은 구멍들이 나 있었다.

“그럼, 이젠 이 돌로 어떻게 할 건데?”

“어떻게 하긴. 이 돌을 타고 산성 호수를 건너가야지. 모두
자기에게 맞는 부석을 찾아 타고 오세요.”

빈손이 돌 위에 올라 양팔로 물을 저어 나아가자 모두들
감탄을 금하지 못했다.

“완전히 맥가이버가 따로 없네!”

“응? 맥가이버가 누구냐?”

“아, 아저씨는 모르는 사람이에요!”

노빈손 일행은 부석에 한 명씩 올라타고 빈손이 했던 것처
럼 손으로 물을 저어 호수의 반대편에 도착했다. 부글부글
끓어오르며 더운 김을 뿜어내는 화산의 분화구가 성큼 눈앞
에 다가왔다. 노빈손의 심장이 요란하게 뛰기 시작했다.

이카루스의 꿈

베수비오 화산의 분화구 정상에 올라서자 움푹 꺼진 가운데
로 금방이라도 흘러넘쳐 대지를 삼켜버릴 듯한 마그마가 쿨
럭거리며 무서운 열기를 뿜어내고 있었다.

화산 활동으로 나온 가
스(아황산가스, 이산화
탄소 등등)가 물에 녹으
면 산성을 띠어. 그러니
화산 주변의 호수들은
대부분 산성 호수이겠
지. PH3~4 정도로
PH2인 염산보다 약 10
배 정도 약하지만 그래
도 산이 강하기 때문에
쇠 같은 걸 넣으면 바로
녹아. 하지만 대리석과
는 달리 부석은 산성에
강해서 녹지 않지.

마침내 도착한 것이다.

똑바로 쳐다보기 어려울 정도로 강한 열기는 이 세상에 존재하는 그 어떤 것이라도 순식간에 녹여버릴 것 같았고, 동시에 분화구 속에서 불꽃이 갑자기 분출해 튀어 나올 것 같은 두려운 생각도 들었다.

다들 꿀꺽. 마른침을 삼켰다.

"저기야, 저곳이 신의 불이 있는 곳이 틀림없어. 아티스트적인 감이 팍팍 온다."

목쉬네가 의미심장하게 말하자 아낄레우스가 뒤통수를 쳤다.

"왜 때려요?"

"그런 당연한 얘길 새삼스럽게 하니까 그렇지. 식량도 다 떨어져 가는데 말도 아껴서 하라구."

"이제 어쩐다. 이 열기가 다 사라지지 않는 한 분화구 속에 들어가는 건 불가능할 텐데……."

노빈손도 막막하기만 했다.

"아까부터 말했잖아. 여기까지 온 것도 대단한 일이라고. 너희는 정말 할 만큼 했으니까 지금 돌아가도 뭐라 그러는 사람 없을 거야. 그러니까 이제 돌아가자."

고집피나가 말했지만, 누구의 눈 속에도 포기의 기미는 보이지 않았다.

"지금까지 고생한 걸 꼭 책으로 쓰고 말겠어. 이거 분명히 백만 부 감이다."

이카루스의 날개가 갖는 의미

이카루스는 그리스 로마 신화에 등장하는 청년으로 그의 아버지 다이달로스와 함께 커다란 날개를 달고 인류 최초로 비행에 성공해. 하지만 너무 높이 올라가지 말라는 아버지의 경고를 무시한 채 태양을 향해 더 높은 곳으로 날아오르다 밀랍이 녹아 목숨을 잃게 되었지. 그래서 이카루스의 날개는 젊은 시절의 뜨거운 야망과 열정 그리고 지나친 욕심을 의미해.

“불을 구해야 백만 부죠, 아저씨.”

“걱정 마, 다 방법이 있으니까.”

의기양양한 아낄레우스의 말에 노빈손의 귀가 솔깃했다.

“그래요? 그 방법이 뭔데요?”

목쉬네도 믿기 어렵다는 표정을 지었다.

“그 방법은……. 빈손아, 네가 얘기해라.”

아낄레우스가 스리슬쩍 빈손에게 떠넘기자 목쉬네가 폭발했다.

“그럼 그렇지. 으이그~ 빈손이가 무슨 신이라도 됩니까? 날개라도 달리지 않는 이상. 저길 어떻게 가요?”

아낄레우스와 목쉬네가 다시 옥신각신하는 사이 빈손의 머리가 윙윙 소리를 내며 돌아가기 시작했다.

“그래! 방법이 없는 건 아니었어.”

“뭐? 방법이 있다고?”

아낄레우스와 목쉬네는 싸움을 멈추고 빈손이를 쳐다보았다.

“날개, 목쉬네가 말한 날개, 그거예요.”

빈손은 목쉬네가 악보를 작곡하는 데 쓰는 양피지에 밑그림을 그려 나갔다. 밑그림이 완성되자 토가를 비롯해 천이란 천은 다 긁어모아 바느질로 한데 이었고, 산 주변에서 구할 수 있는 넝쿨을 가져다 껍질을 벗겨 꼬아서 단단한 줄을 만들었다.

“햐, 목쉬네의 가방 안에는 정말 없는 게 없단 말이야.”

토가의 유래
토가는 라틴어로 ‘덮는다’라는 뜻으로 고대 로마의 귀족과 자유시민의 영광의 상징이자 로마제국의 권위와 국력의 상징이기도 해. 초기에는 남녀, 계층 구분하지 않고 입었고 소형이어서 입는 방법도 단순했지만, B.C. 4세기 공화제 시대부터 부인들은 입지 못하고 남자들만 입을 수 있게 되었어. 색깔과 장식으로 계급을 나타내기도 했지.

빈손이 감탄하며 말했다.

"남자가 바느질 세트도 가지고 다니고……."

어쨌든 그렇게 만들어진 거대한 천에 줄을 X자 모양으로 중심을 잡아 고정시키고 그 아래쪽에 줄을 서로 꼬아 사람이 탈 수 있도록 했다.

"이 희한하게 생긴 게 뭐다냐?"

"짠. 이게 바로 낙하산이에요. 어때요, 멋있죠?"

"나, 낙하산?"

낙하산을 처음 들어 본 아낄레우스와 고집피나가 신기한 듯 물었다.

"아, 저도 잘 모르겠어요. 갑자기 이름이 떠오른 거라."

머리를 긁적이며 서 있는 빈손이에게 아낄레우스가 물었다.

"이걸로 어쩌려고?"

"어쩌긴요. 신의 불이 있는 곳까지 가야죠."

의심이 많은 목쉬네는 빈손이 만든 허술해 보이는 낙하산이 영 못 미더웠지만 아낄레우스는 연신 빈손의 재주를 칭찬했다.

"어디서 이런 생각을 해낸 거야?"

"목쉬네가 날개라고 말한 데서 힌트를 얻었어요. 정확하게 기억은 안 나는데요. 왜 그런 이야기 있지 않았나요? 아무도 빠져 나올 수 없는 미로에서 어떤 남자가 날개를 만들어 빠져 나왔다는……. 날개까지는 안 되어도 이 정도면……."

낙하산의 원리
낙하산은 공기의 저항을 늘려줘서 그만큼 추락속도를 줄여주려는 게 목적이야. 낙하산이 커질수록 공기의 저항이 커지므로 떨어지는 속도가 줄어들지만 너무 커지면 통제를 할 수 없게 돼. 공기는 대류 현상이라고 해서 회전식으로 도는데 낙하산은 위로 올라가는 공기를 이용해 더 천천히 내려오지. 낙하산에는 구멍이 있는데 앞으로 나아가거나 좌우로 회전할 수 있도록 도와주는 거야.

“아하, 그리스 로마 신화에 등장하는 다이달로스 부자 이야기를 말하는 거구나.”

빈손은 완성한 낙하산을 몸에 고정시켰다.

“하여간, 빈손이 녀석. 잔머리는 알아줘야 한다니까.”

“모두 매달려요. 그리고 꽉 잡아요. 자, 이제 출발합니다.”

모두가 감자 뿌리에 달린 알감자처럼 낙하산 줄에 대롱대롱 매달렸다. 빈손이 힘껏 바람이 불어오는 곳을 향해 언덕에서 뛰어내리자 낙하산은 방향을 잃은 것처럼 비틀거리다 바람을 타고 팽팽해지더니 이내 바람을 가르며 아래로 미끄러지듯 내려갔다.

얼굴을 어루만지는 바람을 느끼며 잠깐이지만 모처럼 만에 모두가 잠시나마 시름을 잊을 수 있었다. 빈손은 한쪽 줄을 당겨 뜨겁게 치솟는 거품들을 피해 분화구 속으로 점점 깊이 들어갔다. 몸이 번들거리도록 땀이 나기 시작했다. 줄에 매달린 세 사람은 미끄러지지 않기 위해 별별 괴상한 자세로 간신히 버티고 있었다.

“그런데, 목쉬네. 궁금해서 묻는 건데 말이야. 다이달로스 부자인가, 형제인가……. 암튼 걔네들 이렇게 해서 미로를 잘 빠져 나온 거 맞아?”

아낄레우스가 조금씩 뜯어지는 낙하산 천 조각을 보며 불안해서 물었다.

“다이달로스는 무사히 빠져 나왔구요. 이카루스는 실패했죠.”

다이달로스는 대장간의 신 헤파이스토스의 자손으로 여신 아테네로부터 기술을 전수받은 건축과 공예의 명인으로서 각지에서 존경받았어. 도끼·송곳·자 등 많은 연장을 발명하였고 다이달로스가 만든 조각상들은 마치 살아 움직이는 느낌을 받을 정도로 정밀감이 넘쳤대.

“아니 왜?”

“너무 하늘 높이 올라 밀랍이 태양에 녹는 바람에 날개들이 떨어져 나갔거든요.”

“저런 식으로 말이지?”

아낄레우스가 고개로 금방 떨어져 나간 낙하산 조각을 가리켰다.

“으악!”

당황한 노빈손이 중심을 잡던 줄을 놓치면서 낙하산이 한쪽으로 쏠리며 심하게 흔들렸다. 추락하는 비행기처럼 빙빙 도는 낙하산에 매달려 빈손 일행은 비명을 지르는 것밖에 할 수 있는 게 없었다.

이렇게 허무하게 끝난단 말인가! 이것이 노빈손 시리즈의 끝이란 말인가! 주인공은 죽지 않는다는 말은 다 거짓이란 말인가! 이것이 정말 끝이란 말인가!

노빈손은 얼굴을 덮쳐오는 열기를 느끼며 눈을 질끈 감아 버렸다. 꿈틀대던 마그마가 이들을 삼키기 위해 입을 벌렸다. 빈손은 떨어지면서 자신도 모르게 소리쳤다.

"사람 살류~~ 말숙아~~."

이유 있는 분노

어?

정신을 차린 노빈손이 주위를 둘러봤지만 아무도 보이지 않았다.

"내가 분명히 화산 속으로 떨어진 거 맞지? 가만, 내가 떨어지면서 무의식 중에 말숙이라고 부른 거 같은데?"

노빈손은 잡힐 듯 잡히지 않는 가냘픈 기억의 실마리를 잡아보려 했다. 하지만 머리 속은 여전히 모든 파일이 지워진 컴퓨터처럼 깨끗했다.

"근데 놀라운걸? 화산 속에 이런 곳이 있었다니."

주변은 정말 폐허라고 해도 될 만큼 풀 한 포기, 나무 하나 보이지 않았고 검은 흙과 검은 어둠만이 내려앉아 있었다.

케르베로스는 그리스 신화에서 저승세계의 입구를 지키는 개야. 세 개의 머리를 가지고 있고, 뱀의 꼬리에 턱 주위에도 무수한 뱀 머리가 나 있고, 검고 날카로운 이빨을 가진 모습으로 그려지지. 청동 기구를 서로 문지르는 것 같은 울음소리를 내서 듣는 사람으로 하여금 소름이 끼치고 몸이 얼어서 아무것도 할 수 없게 한다고 해.

'다들 어디로 사라진 걸까? 무사할까?'

걱정스런 마음으로 자리에서 일어났다. 얼마를 걸었을까? 빈손의 시선에 낡고 육중한 철문이 들어왔다.

"웬 문이지? 어디 보자, 여기 뭐라고 써 있네?"

철문의 구석에 모자이크로 뭔가가 적혀 있었다.

"카베 카렘? 이게 무슨 뜻이야?"

글자를 들여다보며 생각에 잠긴 노빈손의 눈이 가운데로 몰렸다.

노빈손은 오랜 여행의 직감상 이 문 너머에 신의 불에 관련된 무엇인가가 있을 것 같았다.

힘껏 철문을 열어 젖혔다.

끼이이익!

둔탁한 소리를 내며 거대한 철문이 열렸다.

"으아악, 사람 살류~!"

빈손은 뒤도 돌아보지 않고 냅다 뛰기 시작했다.

거짓말 약간 보태서 사자만큼 큰 개가 곧장 빈손을 덮칠 듯이 달려들었다. 무시무시한 송곳니에 붉은 혀, 짧고 검은 털에 윤기가 좌르르 흐르는 개는 도베르만처럼 날렵한 귀와 강한 다리를 이용해 빈손을 이리저리 쫓아 한쪽 구석으로 몰았다.

보통의 개와 다른 점이 있다면 머리가 셋 달렸다는 것과 숨을 쉴 때마다 입에서 불꽃이 나온다는 점이었다.

머리 셋 달린 개가 노빈손을 막 덮치려는 순간이었다.

퍼억!

어디선가 날아 온 가죽 샌들이 개의 한쪽 머리를 가격했다.

"케르베로스, 그만해."

소리가 들리자마자 개는 한 마리 온순한 양이 되어 소리가

나는 곳을 향해 꼬리를 흔들며 달려갔다.

"내가 그랬지? 여기선 산 사람을 다치게 해선 안 된다고.

케르베로스, 물어와. 하하하! 네 사냥 실력은 여전하구나."

갑자기 등장한 개주인은 노빈손은 안중에도 없는지 개에

게 가죽 샌들을 물어오라고 시키며 오순도순 즐거운 시간을

보내고 있었다. 노빈손이 슬금슬금 앞으로 나섰다.

"저기요. 즐거운 시간 방해해서 죄송한데, 혹시 아저씨 이름이……. '카베 카렘'이신가요?"

"쯧쯧, 너는 글도 모르니? '카베 카렘'은 '개 조심'이라는 뜻이잖아."

"아, 그렇구나. 그런데요. 혹시 수상한 사람들 못 보셨나요? 제 친구들인데……."

"네가 말하는 그 친구라는 녀석들이 혹시 남자보다 더 남자 같은 여자애랑, 어딘가 불쌍하게 생긴 삐쩍 마른 남자랑, 괴상한 목소리를 지닌 사내 녀석이냐?"

"네, 맞아요. 어떻게 그렇게 잘 아시죠?"

"어떻게 알긴……. 내 허락도 없이 무단침입해서 손을 써 놨다. 지금쯤 다들 고생 좀 하고 있을걸. 자, 여길 봐라.

개주인이 가리키는 오른쪽 벽에는 떡하니 다음과 같은 공고가 붙어 있었다. 개주인이 큰 소리로 읽었다.

『주의 사항』

신성한 신의 세계에 감히 무단 침입한 사람들에게는

다음과 같은 형벌이 주어지니 알아서 얼른 돌아가길 바람.

1. 프로메테우스 대신 독수리에게 간 쪼이기

2. 아틀라스 대신 지구 받치고 있기

3. 시지프스 대신 벼랑 꼭대기까지 바윗돌 굴리기

- 관리인 백

"갑자기 신의 세계라뇨. 저희는 분명 베수비오 분화구로 떨어졌는데요."

노빈손이 따지고 들었지만 정체 불명의 남자는 눈썹 하나 까딱하지 않았다.

"그렇다. 이곳이 바로 신의 세계이고, 나는 베수비오 화산을 끓게 만들어 사람들이 접근하지 못하게 만드는 일을 하는 관리인이다. 가끔 내가 관리를 잘못해 불이 넘쳐 유피테르 님한테 꾸중을 듣기도 하지만 말이야."

베수비오 화산이 부글부글 끓던 이유가 이런 거였다니……. 빈손이 놀라 눈이 함지박만해질 때쯤 시간이 없다는 듯 관리인이 재촉했다.

"이곳은 아무나 올 수 있는 곳이 아니다. 돌아가라."

관리인의 위엄이 몸을 얼어붙게 만드는 것 같았다. 케르베로스가 관리인의 옆에 의젓하게 앉아 그의 위엄을 더해주고 있었다.

문 틈 사이로 신의 불이 보였다. 이글거리며 타되 뜨겁지 않으며, 살아 있되 느리게 움직이며, 스스로 빛을 내되 거대한 어둠 하나가 되어 있는 타오르는 불이었다. 노빈손은 너무나 두려웠지만 마른침을 꿀꺽 삼키고 용기를 내어 말했다.

"저, 정말이요? 그렇다면 제가 신의 불을 조금만 얻어갈 수 있도록 허락해 주세요."

"뭐라고? 신성한 이곳에 들어온 것도 모자라서 신의 불을

신화 속에 등장하는 괴물, 아르고스
눈이 1백 개 달린 괴물, 아르고스. 헤라의 지시로 암소로 변한 이오를 감시하는 일을 했었어. 이오는 사실 유피테르(제우스)가 사랑한 여인이었거든. 유피테르의 명령으로 이오를 구하러 간 헤르메스는 피리를 불어 아르고스를 잠들게 한 다음 목을 베어 이오를 구했어. 헤라는 아르고스의 죽음을 슬퍼해 그의 눈을 공작의 깃털에 달아주었지.

달라고? 허, 맹랑한 녀석이군. 이곳에 함부로 들어오면 친구들처럼 무서운 벌을 받게 된다니까!"

"하, 하지만 신의 불이 꼭 필요해요. 제발, 허락해 주세요."

"호오, 생긴 것만큼이나 대담한 녀석이로군. 그 당돌함이 마음에 든다. 맘 같아서는 불을 내어주고 싶다만……."

"야호, 감사합니다. 감사합니다."

노빈손은 기쁜 나머지 폴짝폴짝 뛰었다.

"말은 끝까지 듣는 습관을 들여라. 주고 싶다만……. 그럴 수가 없다고."

샴페인을 너무 일찍 터뜨렸다는 말은 이럴 때 쓰는 말일 것이다.

"어째서요, 어째서! 불이란 건 나눠 주어도 없어지거나 작아지는 게 아니잖아요."

빈손은 필사적으로 어떻게든 관리인의 마음을 움직여 보려고 애썼다.

"아무리 그래도 불을 내어줄 순 없어. 다 이유가 있어서 그래."

"그 이유가 도대체 뭔데요, 왜 안 된다는 거예요?"

잠시 생각 끝에 마침내 관리인이 무거운 입을 열었다.

"너는 신의 저주를 받은 사람이기 때문이야."

신의 저주라니!

말문이 턱 막혔다.

신화 속에 등장하는 괴물, 그립스
사자의 몸뚱이, 독수리 머리와 날개, 등은 깃털로 덮여 있는 괴물, 그립스. 새처럼 보금자리를 만들어 보석을 낳는 것으로 알려져 있어. 발톱이 워낙 길어서 그립스의 발톱으로 술잔을 만들기도 했어. 금이 있는 곳을 본능적으로 알아내는 황금 탐지 기능이 있지.

'으헉!'

빈손은 너무 놀라 혀를 삼킬 뻔했다.

"제, 제가요?"

"그래. 더 이상은 알려줄 수 없고……. 아무튼 그러니 더 이상 곤란하게 하지 말고 친구들을 풀어줄 테니 어서 데리고 이곳을 떠나거라. 그리고 앞으로는 여자와 사과를 조심하고."

관리인은 더 이상은 귀찮다는 듯이 케르베로스를 데리고 얼른 자리를 떴다.

"하하하! 신의 저주를 받을 수도 있지 뭐. 안 그래?"

너무나 엄청난 사실에 노빈손은 일부러 큰 소리로 웃어봤지만, 곁에는 누구도 따라 웃어줄 사람이 없었다.

"이곳에 어떻게 왔는데……."

신의 저주를 받은 자신 때문에 신의 불을 줄 수 없다니 노빈손은 팔짱을 끼고 생각을 더듬기 시작했다.

"여자랑 사과를 조심하라고? 사과? 아하, 사과!"

노빈손은 갑자기 머리를 탁 쳤다.

"맞아. 내가 기억을 잃기 전에는……. 혹시 백설공주가 아니었을까?"

주변에 아무도 없는지 확인하듯 살폈다.

"으이그, 아무도 듣는 사람이 없기에 망정이지 그걸 지금 말이라고 하냐? 바보야, 넌 전생에 분명 아담이었을 거야!"

혼잣말을 하던 노빈손은 갑자기 이마를 탁 쳤다.

신화 속에 등장하는 괴물, 미노타우로스
미노스 왕의 아내가 낳은 괴물. 머리는 소, 몸은 사람. 사람 고기를 먹어야 살 수 있는 괴물이야. 미노스 왕은 다이달로스(이카루스의 아버지)에게 미로를 만들게 하여 그 미로 속에 미노타우로스를 가뒀어. 매년 7명의 소년 소녀를 바쳤으나 아테네의 영웅 테세우스가 재물로 가장해 미로 속으로 들어가 그를 제거하지.

“아, 맞다. 그때 그 아줌마들!”

세 여신의 저주

“그래 맞다, 우리다.”

갑자기 향기로운 냄새가 진동을 하며 아름다운 목소리가
들렸다.

“누, 누구세요?”

난데없는 목소리에 노빈손은 자기도 모르게 코를 벌름거
리며 냄새가 나는 쪽으로 고개를 돌렸다. 눈앞은 한 치 앞을
볼 수 없을 만큼 자욱한 안개가 뭉텅뭉텅 고여 있었다.

“이곳까지 오다니 제법이군. 흥, 우리를 또 만날 수 있을
거라고는 생각도 못 했겠지?”

짙은 안개가 걷히자 세상사람 같지 않은 눈부신 모습의 여
인들이 모습을 드러냈다.

“저, 저를 아시나요?”

“알다뿐이냐. 너야말로 우리를 잊은 건 아니겠지? 우리가
어떻게 너를 잊을 수 있겠니. 노빈손!”

세 여인의 목소리는 아름답긴 했지만 싸늘함과 동시에 살
기가 느껴졌다.

“전 잘 모르겠는데…… . 제가요, 기억을 잃어버렸거든요.

불을 선물해 준 신,
프로메테우스 .

티탄 신족으로 인간에
게 불을 가져다 준 죄로
독수리에게 날마다 간
을 쪼이는 벌을 받은 신
이지. 프로메테우스는
'미리 안다' 라는 뜻으로
신들과 티탄 신족들 사
이에 싸움이 벌어졌을
때 그 결과를 미리 알고
있었지. 그래서 티탄 신
족에게 지혜를 동원하
라고 충고했는데 티탄
신족이 자신의 충고를
따르지 않자 올림푸스
신들의 편으로 돌아서
게 되지.

아줌마들은 누구세요?"

"아주 골고루 한다. 그리고 아줌마라니. 그 못된 주둥아리를 함부로 놀리는 건 여전하구나. 난 모든 신들의 여왕 유노."

"난 사랑의 신 베누스."

"그리고 난 전쟁의 신 아테나 여신이다."

세 여신들은 손을 크로스하며 차례로 자기 소개를 했다.

'나이 들어서 무슨 주책들이람?'

"그런데, 어쩐 일로 저를?"

"아직도 뉘우칠 준비가 되지 않았느냐? 더 혼이 나야겠어? 널 이곳으로 날려 보낸 것이 바로 우리들이다. 그래도 네 잘못을 모르겠느냐?"

유노 여신이 소리치자 천지가 진동했다.

"진정하세요. 아줌마, 아니 여신님. 반성을 하고 싶어도 제가 기억을 잃어버렸다니까요. 그리고 왜 저를 이곳으로 보내신 거죠? 도대체 제가 얼마나 큰 잘못을 저질렀길래……."

온화하기 그지없는 표정을 짓던 사랑의 여신 베누스도 흥분하긴 마찬가지였다.

"그걸 꼭 말로 해야 알겠어? 넌 우리의 자존심을 무참하게 밟았다구!"

노빈손은 여신들의 이야기를 도저히 이해할 수가 없었다.

"도대체 무슨 소리냐구요?"

"우린 서로의 아름다움을 견주는 게 취미생활이지. 그래서

하늘을 떠받치는 신, 아틀라스
아틀라스 역시 티탄 신족으로 올림푸스 신족 이전의 신이었어. 그런데 올림푸스 신족과 티탄 신족의 전쟁에서 패하게 되자 벌로 하늘을 떠받치게 되었지. 옛날 사람들은 아프리카 북부의 아틀라스 산맥이 바로 이 아틀라스가 메두사의 눈을 보고 돌로 굳어져서 생긴 산이라고 믿었다는군.

가끔 인간으로 변신해서 우리 중 누가 제일 아름다운가를 묻고는 했었다."

아테나가 이어서 말했다.

"그런데 마침 여행을 하던 네가 눈에 띄었지. 그래서 인간으로 변신한 우리들이 네 앞에 나타나 너에게 우리 중 누가 가장 아름다운 사람인지 꼭 찍어달라고 부탁했었지."

빈손은 너무나도 놀라운 사실에 벌린 입을 다물 줄 몰랐다.

"파리 들어갈라. 그런데 발칙하게도 노빈손 넌 자신의 여자 친구인 말숙이가 세상에서 제일 예쁘다고 대답했다. 감히 신의 아름다움을 인간과 견주다니."

"역시 이 귀티 나는 외모에 걸맞게 여자 친구도 우아하고

깜찍한 아이였군요."

세 여신이 번갈아 가며 들려주는 얘기를 듣고 빈손은 자신이 기억을 잃어버리기 전 이 세 여신들보다 아름다운 여자 친구가 있었다는 걸로 알아듣고 감격했다.

그러자 세 여신이 동시에 팽! 하고 콧방귀를 뀌었다.

"자, 보아라. 이것이 말숙이란 아이의 모습이다."

여신이 보여 준 사진 속엔 뜻밖의 소녀가 미소 짓고 있었다.

'허걱!'

숨이 멎는 것만 같았다.

"우리도 그런 줄 알고 뒷조사 해봤는데……. 사실 그것 때문에 더 괘씸해서 고대 로마로 날려 버린 거야. 어떻게 우리 미모랑 네 여자 친구 미모가 동급이라는 거야? 아우, 생각하니까 또 열 받네."

"혹시, 제가 말숙이가 제일 예쁘다고 한 다음 말은 못 들으셨나요? 말숙이보다 예쁜 사람 다 죽으면 제일 예쁘다고 했던……."

"뭣이라고? 감히 인간 주제에 신을 농락하려 들다니!"

유노 여신은 들고 있던 지팡이를 하늘로 쳐들었다.

"내 이럴 줄 알고 우리 남편 유피테르의 지팡이를 훔쳐왔지. 바람아 몰아쳐라, 비야 내려라. 신을 우습게 아는 노빈손을 삼켜버려라."

"여신들이라면서 하는 짓은 마녀잖아요. 소심하시긴……."

패션쇼의 기원
트라야누스가 다스렸던 다키아(현재의 루마니아 지역)에 독특한 풍습이 있었는데 귀족들의 하인 중에서 가장 용모가 뛰어난 자들에게 그 귀족의 장원에서 만든 가장 멋진 옷을 입혀서 춤과 노래를 시켜 하늘에 감사를 드리고 그들의 신인 라울테라(모든 가축의 신)에게 축복을 비는 거야. 그런 전통이 로마시대를 거쳐 서구 유럽사회에서 패션쇼라는 형식으로 발달하게 된 거야.

"원래 그리스 로마 신화에 나오는 신들이 다 소심해."

"그러지 말고……. 한 번만 용서해주세요, 네?"

하지만, 노빈손의 애원에도 여신들은 눈 하나 깜짝 하지 않았다.

엄청난 비가 쏟아져 내렸다. 아무리 피하려고 해도 빗방울은 노빈손에게만 쏟아졌다. 그 비에 입가가 젖고 눈가가 젖고 얼굴이 젖고 머리가 젖어왔다. 이제 콧구멍까지 들이치기 시작한 비로 인해 숨쉬는 것조차 어려웠다.

"살려줘. 잘못했어요. 여신님들, 숨을 못 쉬겠어요. 어푸어푸~ 빈손 살류~!"

상처났다구?
걱정 마, 거미줄이 있잖아

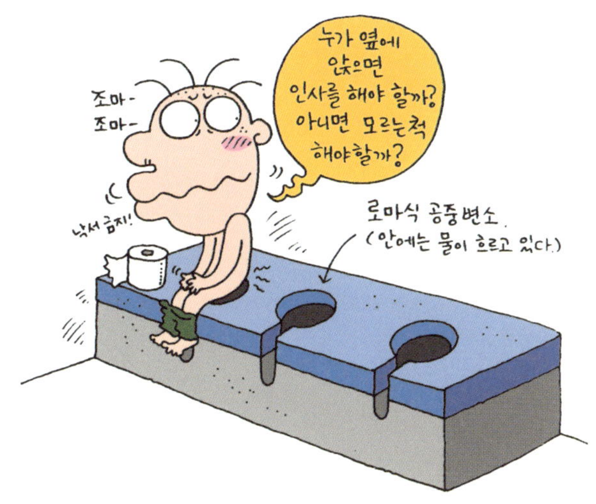

로마, 속속들이 헤집고 다니기

말도 많고 탈도 많았던 고대 로마, 나는 고대 로마의 역사와 문화에 대해 얼마나 알고 있을까?

로마에 관한 알쏭달쏭한 문제 총집합! 볼펜 하나 들고 고대 로마 완전 정복에 도전해 보자구.

긴가민가 OX퀴즈

1_ ☐ 로마 화장실에서는 막대기 끝에 스펀지를 달아 찬물에 적셔 사용했다. 그것도 공동으로.

2_ ☐ 로마 군대의 복무 기간은 25년이었다.

3_ ☐ 로마 목욕탕에는 도서실이 마련되어 있었다.

4_ ☐ 남자들은 점이나 흉터를 감추려고 가죽으로 만든 반창고를 붙이고 다녔다.

5_ ☐ 다친 병사들은 거미줄을 식초에 담갔다가 상처를 싸매면 금방 낫는다고 생각했다.

6_ ☐ 여자들은 투표권이 없었고, 남편이나 아버지의 뜻에 따라야만 했다.

7_ ☐ 노예들은 시장에서 짐승처럼 팔려 다녔다.

8_ ☐ 뱀이 행운을 가져다준다고 생각해서 벽에 뱀을 그려 넣었다.

9_ ☐ 길이 너무 막혀 상인들과 농부들은 밤에만 물건을 실어 나를 수 있었다.

10_ ☐ 우유를 먹은 달팽이는 로마 사람들에게 인기 있는 메뉴였다.

삐리리를 찾아라!

1_ ☐ 로마 사람들은 병에 걸리면 신께 낫게 해달라고 기도드렸다. 그러다 정말로 몸이 좋아지면 사람들은 신전으로 가서 낫게 된 자신의 몸 부위를 본뜬 삐리리를 선물로 바쳤다.

① 빵　② 조각품　③ 금　④ 인형　⑤ 과자

2_ ☐ 예순여섯의 나이에 황제가 된 네르바는 제위 기간이 짧고 업

적도 이렇다 할 것이 없었지만 삐리리 때문에 후대에 현명한
황제로 꼽힌다.

① 정치를 안정시켰기 때문에

② 파티를 자주 열었기 때문에

③ 잘생겼기 때문에

④ 식민지를 늘렸기 때문에

⑤ 양아들을 잘 골랐기 때문에

3_ ☐ 로마인들은 오랫동안 유럽을 지배하면서 가는 곳마다 삐리리
라는 글자를 새겨 넣었다. 오늘날에도 로마 버스와 하수구 덮
개에는 이 글자가 있다.

① SPQR   ② S.O.S   ③ XXL   ④ 6.6.6   ⑤ X-MAS

4_ ☐ 로마 사람들은 자신들을 삐리리의 후예라고 생각했다.

① 스파이더맨   ② 늑대   ③ 단군   ④ 구미호   ⑤ 우주인

5_ ☐ 카이사르, 크라수스, 폼페이우스 세 사람이 공동으로 로마를
다스린 것을 삐리리라 한다.

① 삼삼정치   ② 삼형제정치   ③ 삼쌍정치

④ 상큼정치   ⑤ 삼두정치

관계 있는 것끼리 선 긋기

1. 그리스 신화의 영향을 받는 로마 신화 속 인물을 연결하기

그리스   로마

① 제우스   ㉠ 유피테르

② 헤 라   ㉡ 베누스

③ 아프로디테   ㉢ 유 노

④ 아레스   ㉣ 넵투누스

⑤ 아폴론   ㉤ 마르스

⑥ 포세이돈   ㉥ 아폴로

보너스 주관식 문제

1. 루비콘 강을 건너기 전 카이사르가 한 말로 주사위 장사들이 좋아하는 유행어는?

2. 로마 시민이 살던 일종의 아파트로 부실공사로 인해 시도 때도 없이 무너진 이 건물의 이름은?

3. 파르나케스와의 전투에서 카이사르는 딱 세 단어로 자신의 승리를 원로원에 보고했다. 원로원은 단 이 세 단어만 보고 그가 승리했음을 알았다. 엄청나게 짧은 이 문장은 무엇일까?

▶ 정답

긴가민가 OX 퀴즈

1~10. 〉전부 O

삐리리를 찾아라!

1. 〉②   2. 〉⑤ 자식이 없었던 그는 성실하고 유능한 트라야누스를 양아들로 삼았다.
3. 〉① SPQR, 세나투스 포풀루스 쿠에 로마누스(Senatus Populus Que Romanus).
로마의 원로원과 시민이라는 뜻의 약자   4. 〉②   5. 〉⑤

관계 있는 것끼리 선 긋기

정답 〉①-㉠, ②-㉢, ③-㉡, ④-㉤, ⑤-㉥, ⑥-㉣

보너스 주관식 문제

1. 〉주사위는 던져졌다.   2. 〉인술라   3. 〉왔노라, 보았노라, 이겼노라.

또 다른 세상

"잠꼬대를 해도 어쩌면 이렇게 생긴 대로 할까?"

그 소리에 노빈손은 눈을 번쩍 떴다. 혼자 보기 아깝다는 표정의 목쉬네와 아낄레우스, 그리고 고집피나가 위에서 노빈손을 내려다보고 있었다.

꿈이었구나. 어쩐지. 무슨 꿈이 그렇게 실제처럼 생생하담? 꿈에 나타난 그 신들의 말이 사실일까? 노빈손은 아직도 자신에게 몰아치던 그 빗줄기의 감촉을 잊을 수가 없었다.

"네가 흘린 침에 베수비오 화산도 꺼지겠다."

"뭐야 꿈이었잖아? 어휴, 아무튼 꿈이라 다행이다. 세상에 그리스 로마 신들이 나와서 혼을 내는데 얼마나 무서웠다고."

노빈손의 말에 다들 일제히 놀란 표정을 지으며 이구동성으로 말했다.

"어, 나도. 꿈에 내가 벌을 받아 아틀란티스처럼 지구를 받치고 있는 거야. 팔 떨어지는 줄 알았네. 아직도 팔이 아프다니까."

고집피나의 말에 아낄레우스도 배를 쓰다듬으며 말했다.

"나, 나도, 독수리한테 간을 쪼이는 꿈을 꾸었다니까. 이거 무슨 별주부전도 아니고 왜 내 간만 계속 파먹냐고."

"어, 나도 쇠똥구리처럼 절벽 위로 계속 커다란 바위를 굴리는 꿈을 꾸었는데……."

190

못 다한 검투사 얘기 1
로마의 검투 경기와 검투사가 워낙 인기가 많았기 때문에, 종종 유명 검투사들을 캐릭터 상품으로 만들어 파는 경우도 있었어. 오늘날에도 항아리, 때 미는 도구 등에 특정 검투사들의 검투 장면이 남아 있어. 이렇게 인기 많은 검투사들은 사회적인 신분은 낮았지만 원로원 의원을 친구로 두기도 했지.

목쉬네도 놀라며 말했다.

'그럼 이게 아까 관리인이 말한 벌?'

모든 것은 사실이었다. 그럼 관리인이 말한 대로 신의 저주를 받은 노빈손이 있는 한 신의 불을 찾을 수 있는 길은 영영 사라진 셈이었다. 빈손은 모두에게 미안한 동시에 너무 억울하고 화가 나서 저절로 눈물이 나왔다.

"어, 너 왜 울어?"

노빈손은 울먹이며 자신의 꿈 이야기를 모두에게 들려주었다. 다들 얼굴이 새파래졌고 빈손은 눈물 콧물이 범벅이 되어 얼굴에 홍수가 난 사람 같았다. 그런 그가 안쓰러웠는지 목쉬네가 따뜻하게 어깨를 감싸왔다.

"빈손아, 그동안 내 익히 예상은 하고 있었다. 네 얼굴은 역시 신의 저주 때문이었어!"

으이그, 그럼 그렇지. 이 녀석이 위로 비슷한 거라도 해줄 리 없지.

상처 받은 노빈손의 등을 아낄레우스가 다정하게 다독거려 주었다.

"그나저나 빈손아, 정말 모르겠니? 신의 저주를 풀 수 있는 방법 말이야."

"정말 아무것도 몰라요. 제가 누군지도 모르고 신의 저주를 언제, 어디서, 무슨 이유로 받았었는지도 기억이 안 나는데……"

검투사 때문에
외과술이?
로마의 많은 정치가와 이익 단체들이 인기와 지지를 얻기 위해 검투사 흥행에 돈을 투자했고 흥행업자, 도박사, 매니저, 스폰서, 프로듀서 등 검투 시합에 관한 전문적인 직업군이 형성되었지. 거기다 검투사, 트레이너, 의사, 약사, 심판까지지. 게다가 검투사들의 치료와 넘치는 시체들로 인해 의사들의 외과술이 그 어느 때보다 발달했다고 해.

그 순간 천지를 뒤흔드는 비명 소리가 들렸다.

"으아악, 고집피나 살려!"

벽에 기대 서 있던 고집피나가 갑자기 벽 안으로 빨려 들어 가는 것이었다. 빈손 일행은 놀라서 벽으로 달려갔다.

"어, 이건 비밀 문인가봐? 뭔가 있을 거 같은데 들어가볼까?"

주저하듯 노빈손이 고집피나가 사라진 벽 안으로 발을 내딛자 거짓말처럼 신전의 모습이 드러났다.

"와, 신전이다. 신전!"

뒤따라 들어온 아낄레우스가 신기한 듯 소리쳤다. 모두 벽 안으로 들어서자 갑자기 안개가 들어찼다.

'꿈에서 본 그 안개잖아? 혹시 그 여신들이 다시 나타나려는 거 아냐? 비를 또 퍼부으면 어쩌지?'

노빈손은 또다시 콧구멍으로 비가 퍼붓지나 않을까 걱정하면서 신전으로 들어섰다. 신전의 내부는 베일처럼 가린 안개로 한 치 앞을 가늠하기 힘들었다. 다들 불안한 마음을 누르면서 더듬거리며 천천히 걸어야 했다.

"웬 안개지? 불안한데."

"이거 꼭 가요 순위 프로그램에서 뿌려놓은 드라이아이스 같다. 금주 1위곡 목. 쉬. 네! 감사합니다, 감사합니다."

목쉬네가 호들갑을 떠는 사이 손을 뻗어 더듬거리며 앞만 보고 걷던 아낄레우스는 뭔가를 발견했다.

홀리건의 시초
역사상 최초의 대규모 홀리건 난동에 대한 기록은 아마도 로마에서일 거야. 59년에 검투 경기를 관전 중이던 누체리아 주민과 폼페이 주민 사이에 발생한 사소한 시비가 경기장 내 학살사건으로 발전했어. 평소 으르렁거리던 두 도시 주민들이 검투 시합을 계기로 폭발한 거지. 결국 많은 사상자를 낳았고 황제와 원로원은 폼페이에서 10년 동안 검투 시합이 열리는 것을 금지했어.

"야, 여기 뭔가 만질만질 하고 둥그런 게 있어. 무슨 알 같은데?"

"아저씨, 그거 제 머리거든요."

"어쩐지 털이 몇 가닥 있더라니……."

신전 깊숙이 들어서자 안개가 마치 문이 열리듯 스스로 걷히며 수백, 수천 마리의 나비가 보였다. 나비들은 다닥다닥 달라붙어 천장까지 거대한 기둥을 만들고 있었다. 날개를 파르르 떨거나 접었다 폈다 하는 걸로 보아 전부 살아 있는 나비들이었다. 살아 숨쉬는 거대한 기둥을 보고 있는 것 같았다.

"어, 신탁의 마지막 문구야! 나비의 마음을 움직일 수 있는 자, 신의 불을 얻으리라. 저 나비들 속에 신의 불이 있나봐."

이제야 비로소 신의 불과 마주하게 됐다는 느낌이 강하게 들었다.

"이제 저 나비들을 어떻게 움직이지?"

나비야 이리 날아오너라

나비를 유혹하기 위한 처절한 퍼레이드가 펼쳐졌다.

노래 불러보기, 겁줘서 쫓아보기, 나비(고양이)로 변장해 잡아보기, 파리채로 잡아보기…….

검투 경기는 이제 그만~
로마의 검투 경기는 서기 325년 기독교를 공인한 콘스탄티누스 황제 때 공식적으로 금지되었어. 그리고 로마 역대 황제 중 가장 나약했다는 평을 들었던 서 로마제국의 황제 호노리우스에 의해 404년 완전히 폐지되었지. 당시 검투 시합을 금지시키기 위해 원형경기장에 들어간 기독교 수도사들은 성난 군중들에 의해 돌에 맞아 죽었다고 해.

그러나 끄떡도 하지 않는 나비들은 길을 내어줄 생각을 전혀 하지 않았다.

"여기까지 왔는데 나비들이 우리 마음을 너무 몰라주네."

"내 음악세계로 나비의 마음을 움직일 수 있을 거야."

목쉬네가 노래를 하기 위해 발성연습을 했다. 아낄레우스가 그런 목쉬네의 뒤통수를 쳤다.

"이 녀석아, 때와 장소를 좀 가려라. 그러다 신전 무너지면 어떻게 할 거야? 그동안 너 때문에 무너진 벽이 한두 개냐?"

쿵쿠르르궁! 콰르르르! 콰르르!

한동안 멈췄던 지진이 다시 시작됐다.

"이젠 정말 화산이 폭발하려나봐?"

"신이시여, 이게 천재 아티스트의 마지막이란 말입니까. 오, 쿼바디스!"

이대로 물러날 순 없었다. 방법이 있을 것이다. 분명 방법이 있을 것이다.

"신전이 흔들리고 있어."

천장에서 작은 돌 조각들이 떨어지기 시작했다. 노빈손도 겁이 나 도망치고 싶었지만 더 이상 도망칠 곳도 없었다.

'어떻게든 해야 하는데. 아, 제발, 생각아 떠올라라!'

노빈손은 머리가 복잡했다. 고집피나의 말처럼 화산이 폭발하기 전에 이곳을 떠났어야 했을까? 신의 불을 찾지도 못했는데……. 그럼 로마의 앞날은 어떻게 된단 말인가. 아, 정말 이대로 끝이란 말인가!

목쉬네는 한쪽에 주저앉아 사인펜을 꺼내 들고 악상을 그려내기 시작했다.

"그래 이곳에서 마지막으로 나의 예술 혼을 홀라당 불태워 명곡을 쓰리라!"

노빈손은 이 상황에도 아랑곳 않고 작곡한답시고 설치는 목쉬네가 차라리 부러웠다.

"어, 너 그거 뭐야?"

"이거? 사인펜이잖아. 기억에 없나 보네?"

노빈손은 목쉬네에게 달려들어 손에 있는 사인펜을 움켜잡았다.

"야, 이거 왜 이래?"

노빈손은 목쉬네의 이마를 탁! 쳤다.

"생각났어, 생각났다고!"

"아얏, 생각난 건 넌데 왜 날 때려?"

"난, 소중하니까! 어쨌든 저 나비들을 다른 곳으로 유인할 수 있을지도 몰라."

사인펜을 쥔 노빈손의 눈이 반짝였다. 노빈손은 먼저 사인펜을 분해해 잉크가 드러나도록 한 다음 근처 나무로 올라가 끈으로 사인펜을 잘 고정시켰다. 그러고 나서 모두들 바위 뒤로 몸을 숨겼다.

"이제 어떡하면 돼?"

나비의 이름을 부르는 페로몬

나비는 수컷이나 암컷이 체외로 방출한 극미량의 페로몬을 감지해 10km 떨어진 곳에서도 정확히 상대에게 날아갈 수 있어. 이처럼 대부분의 곤충은 산란 장소나 집합 장소 등을 찾아낼 때, 서로에게서 발산되는 유인물질을 통해서라고. 신기하지? 이런이 성질을 이용해 해충 방지제를 만들기도 하지.

"기다려야죠, 뭐."

"엥? 저게 다란 말이냐?"

"네."

아낄레우스는 노빈손의 이마를 짚어 보았다.

"너 열 있냐? 애가 낙석에 머릴 다쳤나. 야, 저렇게 해놓고 뭘 어쩌자는 거냐고?"

"저도……. 이 방법은 솔직히 확신이 없는데. 일단 기다려 봐야죠. 뭐."

쿠르르르! 쿠르르르!

화산 폭발이 당장이라도 일어날 것처럼 베수비오 화산의 지진은 갈수록 거세지고 있었다.

"기다리다니 좀 있으면 베수비오 화산이 폭발할지도 모르는데……. 다들 내려가자구요."

고집피나의 목소리에서 위기감이 느껴졌다. 하지만 노빈손은 예상 외로 침착했다.

"진정해, 고집피나. 우리가 어떻게 여기까지 함께 왔는데……. 그렇게 쉽게 포기할 순 없잖아. 그리고 그렇게 힘들면 혼자 춤이라도 추며 놀아."

쿠구구궁! 쿨럭, 쿨럭!

마그마가 요동을 쳤다. 베수비오 화산이 금방이라도 폭발할 것처럼 신전의 기둥에 금이 쩌억쩌억 갔다.

"더 기다릴 수 없어. 더 있다간 정말 위험해질 거야. 나비가 저런 사인펜을 쫓아갈 리가……. 있네. 헉, 나비가 날아들고 있어."

믿을 수가 없었다. 한 마리, 두 마리. 팔랑팔랑 날아와 사인펜 위에 앉는가 싶더니 세 마리, 네 마리, 열 마리…….

나비들이 사인펜 곁으로 날아들고 있었다. 철새들이 이동할 때처럼 떼를 지어 사인펜에 모여 들기 시작했다. 나무에는 벌통에 벌이 달라붙은 것처럼 신의 불에 붙어 있던 마지막 나비까지 사인펜으로 모여 들었다.

"햐~ 정말 놀랍다. 어떻게 된 거야?"

눈으로 직접 보고도 믿지 못할 광경이었다.

"자세히 기억은 안 나는데 학교 다닐 때 사인펜으로 표시한 나무에 나방이 모여든 게 기억나서."

"너 학교도 다녔냐?"

"으이그. 암튼 그때 '트리세틴'이라고 나비의 산란을 유발하는 물질이 사인펜 잉크에 들어 있다고 배운 것 같아. 아무튼, 나 정말 기억을 잃기 전에 천재였던 것 같지 않아?"

정말이지 이 순간만큼은 목쉬네조차도 노빈손의 말에 아무런 토를 달지 않았다. 천지를 뒤흔들었던 지진이 잠잠해지고, 역류하던 마그마도 조용해졌다. 드디어 눈부신 신의 불이 그 모습을 드러냈다.

벌레를 즐겨 먹는
로마 귀부인
미식의 대명사로 쓰이는 '코스'의 원래 뜻은 상수리나무벌레야. 이 벌레가 어째서 미식의 대명사로 출세했느냐 하면 로마제국 귀부인들이 이 벌레를 맛있고 영양이 풍부할 뿐만 아니라 젊음과 미를 높여주는 둘도 없는 '미용 강장제'로 알았던 거야. 그래서 너나 할 것 없이 잡아먹다 보니 어느새 미식의 대명사가 되고 말았던 거지.

다시 찾은 기억

휘이~청.

노빈손은 심한 어지러움을 느꼈다. 박하사탕 향과 함께 눈앞에서 밝은 빛이 번쩍 하고 나타나는 게 보였다. 그리고 검은 커튼이 길게 드리워졌던 기억의 방 안이 일제히 빛으로 환해지면서 커튼이 걷혔다. 눈부신 빛이 서서히 걷히자 그는 느리게 눈을 떴다.

"어디 아파? 왜 혼자 취권을 하고 그래."

모든 것이 명료해졌다. 세계여행 떠나기 직전 잠을 설치던 그 밤도, 사막에서 말라 죽을 뻔했던 이집트 여행도, 끝없는 중국의 지하 무덤을 헤맸던 기억도 모두 어제 일처럼 손에 잡힐 듯 생생하게 눈앞에 펼쳐졌다.

기억을 되찾고 보니 꿈속에서 여신들이 했던 암호 같은 말들이 전부 다 이해가 되었다.

"기억이 돌아왔어! 기억이!"

몇 달을 묵혔던 변비가 쑤욱 빠져나온 것 같은 상쾌한 쾌감에 콧구멍까지 저절로 벌렁거려졌다.

"뭐라고, 정말이니 빈손아?"

"으하하, 안녕하십니까. 내 이름은 노빈손. 대한민국 대표 표준미남입니다. 하하하."

"저 녀석, 기억을 다시 찾지 않는 편이 더 나을 걸 그랬네."

말은 그렇게 하지만 목쉬네도 진심으로 노빈손과 함께 기뻐하고 있었다. 노빈손이 다시 찾은 기억에 흥분하고 있을 때 안개가 서서히 끼면서 낯익은 향기가 나기 시작했다.

"어, 이 향기는?"

아니나 다를까 꿈속에서 봤던 세 여신이 나타났다.

"노빈손, 신의 불을 손에 넣다니, 제법이군."

세 여신의 등장에 목쉬네가 거품을 물며 호들갑을 떨었다.

"빈손아, 저 아줌마들이야. 우리가 이곳 고대로 오기 전에 마지막으로 만났던 사람이 바로 저 아줌마들이라고."

목쉬네도 세 여신을 기억하고 있었다. 노빈손은 그런 그를 보며 싱긋 웃었다.

“이제 나도 기억 나. 모든 게 생각났어.”

노빈손은 어떻게 이곳에 오게 됐는지 모두에게 대강의 정황을 알려줬다.

“정말 이 아줌마들이 여신님들이란 말이야?”

의심스런 눈길로 바라보는 목쉬네의 뒤통수를 치고는 아낄레우스는 서둘러 여신들에게 예를 갖췄다. 고집피나도 얼른 무릎을 꿇었다.

“나비들을 유인하다니 제법인걸.”

“헤헤― 뭘요.”

노빈손이 머리를 긁적이며 쑥스러워하는데 아테나 여신이 유노 여신에게 눈신호를 보냈다.

“노빈손, 마지막으로 한 번 더 묻지. 우리 셋 중 누가 제일 아름다우냐?”

아니나 다를까 세 여신은 이번에도 노빈손을 시험에 들게 했다. 목쉬네와 아낄레우스, 그리고 고집피나는 다들 노빈손에게서 어떤 대답이 나올지 긴장했다.

“이번엔 대답 잘해야 해. 트로이의 파리스 왕자도 대답을 잘못해서 무려 9년이나 트로이 전쟁을 치렀으니까.”

“애써 찾은 신의 불을 다시 잃고 싶지 않으면 대답 잘해, 빈손아. 알지?”

아낄레우스는 주먹까지 불끈 쥐어 보였다.

노빈손은 난처했다. 여기서 누구 한 사람의 편을 들었다간 보나마나 또 분란이 일 게 뻔했다. 게다가 신의 불을 다시 잃는 건 상상할 수도 없을 만큼 끔찍한 일이 아닌가. 망설이고 망설이다 이윽고 노빈손은 더듬더듬 입을 열었다.

"솔직히 말씀드리면 세 여신 아줌마들 모두 예쁘세요."

노빈손은 말을 멈추고 세 여신의 표정을 살폈다.

"그렇지만 제 대답은 기억을 잃기 전이나 지금이나 똑같답니다. 전 세 분보다 말숙이가 더 예쁘다고 생각해요. 왜냐하면 말숙이는 이 세상에 하나밖에 없는 제 여자 친구니까요."

콰르르릉~ 쿨럭쿨럭.

잠잠해졌던 땅이 다시 요동치기 시작했고 마그마는 다시 솟구쳤다.

"뭣이라? 지금 뭐라고 그랬어?"

신전의 기둥이 무너져 내리고 천장에서 돌 부스러기가 떨어졌다.

"마, 말숙이가 예쁘다구요."

빈손은 기어들어가는 목소리로 답했다.

"너 이 녀석, 아직 혼이 덜 났구나. 에잇!"

여신의 앙칼진 목소리가 신전을 울렸다. 유노 여신은 분노로 얼굴이 떨리고 있었다. 다른 두 여신의 표정도 일그러졌다. 유노 여신은 꿈에서 봤던 것처럼 지팡이를 높이 치켜들었다.

'올 것이 왔구나!'

운명을 바꾼
4개의 사과
성서에 나오는 아담의 사과, 고대 도시국가 트로이 왕자의 파리스 사과, 스위스 빌헬름 텔의 사과, 그리고 과학자 뉴턴의 사과가 유명한 4개의 사과야. 아담은 선악과를 따먹지 말라는 금기를 어겨 낙원에서 쫓겨났고, 파리스의 사과는 트로이 멸망을, 빌헬름 텔의 사과는 스위스의 독립 운동에 불을 지폈어. 마지막으로 뉴턴의 사과는 중력의 법칙을 발견해 근대과학을 발전시키는 획기적인 계기를 마련하잖아.

　　노빈손은 눈을 질끈 감고 쏟아져 내릴 비를 피하기 위해 일단 콧구멍부터 막았다.

소신 있는 선택

"호호호 호호호호홋."

　　노빈손 일행에게 돌아온 건 엄청난 재앙 대신에 세 여신들의 호탕한 웃음소리였다. 영문을 몰라 서로 눈치를 보는 이들에게 유노 여신이 웃으며 말을 건넸다.

　　"내가 사람들을 많이 만나보긴 했지만 너처럼 배짱 두둑한 녀석은 처음이다. 아주 물건이네, 물건."

　　"게다가 비상한 머리까지, 정말 독특한 인간입니다."

　　지혜의 여신 아테나가 귀엽다는 듯 노빈손의 머리를 쓰다듬어 주었다.

　　"여신님도 참~, 제가 좀 잘생기긴 했죠?"

　　"아무튼 인간들이란. 조금만 추켜주면 잘난 척이라니깐. 어쨌든 내 너에게 신의 불을 주지."

　　"감사합니다. 감사합니다, 여신님들."

　　노빈손은 너무나 기뻐 몇 번이나 허리 숙여 감사인사를 했다.

　　"뭐 그리 고마워할 건 없다. 네 취향이 워낙 독특해서 우리의 아름다움을 판결하기엔 적합하지 않은 인물이라는 결론

로마숫자 쓰는 법

로마숫자는 기원전 500년경에 발달했는데 라틴어에 흡수되지 않은 원시 그리스 알파벳으로부터 영향을 받았어. 1은 I, 5는 V, 10은 X로 표시하는데 예를 들어 4를 나타내기 위해서 "IIII" 하는 대신 뺄셈을 이용해서 간단하게 나타내지. 즉 4=5-1이니까 "IV"처럼 쓴다. 여기서 큰 수(5, V) 앞에 오는 숫자(1, I)는 빼기를 하라는 뜻이야.

을 내렸으니까. 이렇게 심각한 상태인 줄 알았으면 애초부터 심사를 맡기지 않는 건데. 자, 이제 저주도 풀어주고 원래대로 되돌려 보내주지."

원래의 시대로 돌려보내 준다는 말에 노빈손은 대단히 기뻤다. 하지만 기쁨도 잠시.

"잠깐만요. 지금은 돌아갈 수가 없어요."

유노 여신의 표정이 새침해졌다.

"이게 무슨 택시냐? 네 맘대로 돌아가고 말고 하게. 싫음 말고."

그러자 노빈손의 얼굴이 슬픈 빛이 되었다.

"죄송해요. 하지만 카이사로와 중요한 약속을 했거든요."

세 여신은 머리를 맞대고 뭔가 상의하는 듯했다.

"아무튼 까다롭기는. 좋다, 그럼 하루의 여유를 주지. 그때까지 돌아가지 않으면 영원히 돌아가지 못한다. 알겠지?"

말을 마친 세 여신은 향기로운 냄새와 함께 사라져 버렸다. 땅을 뒤흔들던 지진도, 넘쳐날 것 같던 마그마도 정지하고 믿기지 않을 만큼 베수비오 화산은 잠잠해졌다.

노빈손은 어렵게 구한 신의 불을 소중히 램프에 담았다. 씨앗처럼 웅크린 불꽃이 다시 베스타 신전을 환하게 밝혀 로마 사람들을 지켜주리라 생각하니 벌써부터 가슴이 벅차올랐다. 불꽃을 지켜보는 모두의 눈 속에 담긴 불꽃이 응답이라도 하듯 작게 흔들렸다.

시계의 로마숫자 'Ⅳ'는 왜 'ⅠⅤ'가 아니라 'ⅠⅠⅠ'일까?
14세기 프랑스 국왕 샤를르 5세가 자기의 5세에서 1을 빼는 것이 불길하다고 여겨, 파리 시치 섬의 탑시계의 Ⅳ를 ⅠⅠⅠ로 바꾸게 한 것에서 유래했다고 해. 더구나 Ⅵ와 헛갈리지 않고 디자인적으로도 보기 좋아서 이제까지 계속되어 온 거지.

신의 불을 배달하라

왔노라, 보았노라, 구했노라!

올림픽 성화 봉송 주자처럼 보무도 당당하게 신의 불을 들고 입성하는 노빈손, 목쉬네, 아낄레우스 그리고 고집피나는 한걸음에 로마시내에 당도했다.

노빈손은 이 모든 어려움을 극복하고 신의 불을 구해 온 신의 불 원정대의 모습이 그렇게 자랑스러울 수가 없었다. 게다가 신탁대로 잃어버린 기억까지 찾았으니 기쁘다 못해 하늘로 날아오를 것만 같았다.

"하하하, 기다리고 있었다. 노빈손!"

그러나 초를 치는 사람이 있었으니, 바로 피말리오 장군이었다.

"휘익!"

피말리오 장군이 신호를 보내자 숨어 있던 병사들이 모습을 나타냈다. 어떻게 알았는지 골목마다 병사들을 잠복시켜 놓고 빈손 일행을 기다리고 있었던 것이다.

"하하하, 지금이야말로 독 안에 든 쥐라고 할 수 있지."

"어, 어떻게 우리가 이곳으로 돌아올 줄 알았죠?"

도저히 이해할 수 없는 일이었다.

"내가 신도 아니고, 어떻게 알 수 있겠냐? 누군가가 계속 너희에 대한 정보를 보내왔으니까 알 수 있었던 거지."

"뭐라고?"

빈손이 일행은 깜짝 놀라 서로의 얼굴을 쳐다보며, 자신들은 아니라는 손짓을 해댔다.

"미, 미안하다, 얘들아, 그리고 아낄레우스 아저씨!"

고집피나가 앞으로 반 발자국 걸어 나와 빈손이 일행을 쳐다보았다.

"내가 그랬어. 사실, 난 원로원 의원들이 너희를 해치우라고 보낸 비밀 인간 병기였어. 하지만 차마 내 손으로 너희를 처치할 수 없어서 피말리오 장군을 끌어들인 거야"

순간 자신들을 위험에 빠뜨렸던 고집피나의 행동들이 하나 둘씩 스쳐 지나갔다. 세이렌에게 안내하여 소용돌이에

▲ 원로원에서 상상한 민간 병기 활약도

휩싸이게 했던 것도, 달리는 마차에서 일부러 떨어져 피말리오 장군이 추격해 올 수 있게 한 것도, 음식물 찌꺼기를 식량으로 오해하여 모조리 먹어치운 것도 모두 계획적인 것이었다니.

"아, 고집피나, 네가……."

"피말리오 장군님! 빈손이를 그냥 보내주십시오. 로마의 앞날이 이들에게 달려 있습니다."

"무슨 말도 안 되는 소리!"

고집피나는 침착하게 자신이 어렸을 때 부모에게 버려지는 바람에 한 원로원 의원에게 노예로 키워져 살인 병기로 훈련을 받아왔다는 과거와 카이사르를 몰아내려는 원로원들의 음모에 대해 자세하게 설명했다.

심각하게 고집피나의 이야기를 듣던 아낄레우스가 물었다.

"고집피나, 네 말이 사실이라면 왜 이제와서 니 신분을 밝히는 거지? 우리들의 목숨을 빼앗아 원로원들에게 가야 하는 거 아니야?"

"아저씨 말씀이 맞습니다. 처음엔 저도 그런 마음을 가졌구요. 하지만……."

잠시 숨을 고른 후 노빈손 일행을 쳐다보았다.

"하지만……. 함께 생활하면서 저에게 많은 것을 느끼게 해주었어요. 처음으로 저의 이름을 불러주었고, 자신들이 위험에 처했을 때도 저를 끝까지 버리지 않았어요. 그런 것들이 모두 저에게 감동이었습니다."

"고집피나야!"

고집피나 주변으로 목쉬네와 아낄레우스 그리고 노빈손이 달려와 서로 얼싸안고 눈물의 바다를 이루었다.

"고집피나, 역시 넌 우리 편이었던 거야. 꺼이꺼이!"

"쇼하고 있네. 혹시 너희들 나를 속이려고 짜고서 이러는 거 아냐?"

피말리오 장군이 의심의 눈초리로 빈손 일행을 째려봤다.

"절대 아닙니다!"

고집피나가 화가 난 듯 말하자 온몸에 근육들이 불쑥불쑥 올라왔다.

로마 황제는 왜 기독교를 박해했을까?
기독교는 신은 하나라는 유일신 사상이었기 때문에 많은 신을 섬기는 로마에게는 위협적으로 느껴졌어. 또한 기독교는 청빈과 박애를 중시하여, 향락을 즐기는 로마인들의 도덕적 가치관을 뒤집어 놓았기 때문에 로마 황제는 기독교인들은 두려워했지. 결국 기독교인들을 박해할 구실을 삼기 위해 기독교인들의 생활 습관이나 제사 의식을 가지고 트집을 잡았어.

"아, 흥분하지 말고. 혹시 모르잖아. 그래도 너희들의 말이 거짓일 수도 있잖아. 증거가 있는 것도 아니고……."

다시 쓰는 로마의 역사

아침부터 상쾌한 공기에 콧노래가 절로 나왔다. 원로회의에 참석하기 위해 보라색 토가를 입는 카이사로의 손놀림이 경쾌했다.

"오늘은 왠지 좋은 일이 생길 것 같군."

이집트에 다녀오고 나서인지 그의 표정은 훨씬 여유롭고 근엄해 보였다.

회의장은 원로원 의원들로 북적거려 포룸 한가운데처럼 시끄러웠고 활기가 넘쳤다. 이윽고 카이사로가 회의장 안으로 들어서자 소란스러웠던 장내가 조용해졌다.

카이사로가 원로원 의원들 앞에서 연설을 하기 위해 단상에 올라섰다.

하지만 회의장 안에선 뭔가 심상치 않은 공기가 흐르고 있는 것 같았다. 카이사로가 목소리에 힘을 주어 연설을 하려는 순간, 누군가 단상에 뛰어오르는 것을 시작으로 몇 명의 무리들이 우르르 카이사로를 향해 몰려들었다. 당황한 카이사로가 물러서려 하자 사람들은 칼을 뽑아 그를 향해 거리를

황실의 색, 보라색
로마 시대에 보라색은 황실의 색이었어. 바다 깊은 곳에 사는 작은 조개로 힘들게 염색해야 보라색을 낼 수 있었기 때문에 신분이 높은 사람만 입을 수 있었던 거야. 원로원 사람들은 보라색 테두리가 들어간 옷을, 그리고 전체가 보라색인 토가를 걸쳐 신분을 나타냈지.

좁혀 갔다.

푸욱.

누군가의 칼이 먼저 그의 가슴에 깊이 박히자, 사람들은 너나 할 것 없이 카이사로를 향해 덤벼들었다.

"그만, 많이 묵었다 아이가!"

카이사로가 피를 낭자하게 흘리며 거꾸러지자 우알라카노가 외쳤다.

"카이사로가 쓰러졌다. 이제 로마는 우리의 것이다!"

장내는 새로운 권력자를 환영하는 환호와 박수소리로 가득 찼다.

그때였다, 회의장의 문이 열리면서 신의 불을 들고 노빈손 일행이 회의장 안으로 들어선 것은.

빈손의 눈에 칼에 맞아 쓰러져 있는 카이사로의 모습이 들어왔다.

"집정관님, 이게 어찌된 일이에요? 이렇게 신의 불을 구해 왔는데……. 눈 좀 떠 보세요. 네?"

아낄레우스와 목쉬네도 달려와 카이사로를 흔들어 보았지만 이미 숨통이 끊어진 카이사로는 꿈쩍 하지 않았다.

"무엇들 하시오. 어서 저 시체를 치워버리지 않고."

우알라카노의 명령이 떨어지자 병사들이 다가와 카이사로의 시체를 들고 밖으로 사라졌다.

"왜, 도대체 왜! 집정관님을 죽이신 거죠? 그냥 아저씨들

로마 사람들이 모두 비슷한 겉옷을 입은 것은 아니야. 로마제국 땅인 게르마니아 지방의 농장 일꾼들은 다리 주위로 천 조각을 둘러 감고, 추위와 비를 막기 위해서 모자 달린 가죽 외투를 입었어. 모자 달린 가죽 외투를 입은 이들은 지금 보면 영락없는 랩퍼의 모습이지 뭐야.

계획대로 몰아내는 것으로 끝낼 수도 있었잖아요!"

"허, 저 녀석 좀 보게. 자기 주제도 모르고……. 네가 감히 노예 주제에 인기 좀 얻었다고 무서운 게 없나 보지?"

"아니, 다 당신은 히딩쿠스 감독님?"

놀랍게도 어느새 히딩쿠스가 원로원 의원의 복장을 입고 우얄라카노 옆에 서 있었다.

"하하하. 이 세상엔 말이야. 돈이 최고라고 최고. 어차피 한 번 살다 갈 인생. 구질구질하게 살 필요 있어? 널 배신한 대가로 이렇게 부와 지위를 얻었으니 이 얼마나 아름다운 세상이야. 하하하!"

"이, 비열한……."

우얄라카노가 빈손의 말을 가로막았다.

"노빈손이라고 했던가? 카이사로를 왜 죽였냐고 했지? 우리도 그를 죽일 생각은 없었어."

"그런데 왜!"

"네가 신의 불을 찾아서 로마로 돌아왔다는 정보를 입수했기 때문이지. 그렇게 되면 우리의 음모가 수포로 돌아가지 않겠어? 결국 카이사로를 죽인 건 우리가 아니라 바로 노빈손, 자네라고!"

"그런 억지가 어디 있어!"

고집피나가 격분에 찬 나머지 우얄라카노에게 달려들었다. 하지만 병사들의 칼과 창이 그녀의 앞길을 막아섰다.

카이사르를 살려라!
카이사르는 가족과 비밀통신을 했는데 알파벳을 세 자씩 뒤로 물려 읽는 방법으로 글을 작성했어. 즉 A는 D로, B는 E로 바꿔 읽는 방식이었지. 어느 날 카이사르에게 이런 방식으로 "암살자를 주의하라"는 내용이 전달되어 왔다. 카이사르도 누군가가 자신을 노리고 있는 걸 알았지만 구체적으로 알지 못했던 거야. 결국 통신을 받은 날 카이사르는 브루투스에게 암살 당하고 말았지.

“허, 우리의 살인 병기 씨가 실성을 했나? 어딜 감히. 버림받아서 오갈 데 없는 걸 키워줬더니 이제 은혜를 원수로 갚겠다고 달려든단 말이지? 여봐라 당장 저들에게서 신의 불을 빼앗고 모두 사자 우리에 집어넣어라. 살아 돌아온 것을 후회하면서 죽어가도록 말이다. 으하하하!”

모든 것이 자신의 뜻대로 이루어졌다고 생각한 우알라카노는 큰 소리로 웃어댔다.

“잠깐! 멈춰라!”

“아니, 어느 누가 감히, 내 명령을?”

소리가 나는 쪽을 바라본 우알라카노와 다른 의원들은 모두 기절할 뻔했다. 암행어사 출두처럼 깜짝 등장한 사람은 바로 카이사로였기 때문이었다.

“카, 카이사로. 네가 어떻게?”

“대 역적, 우알라카노와 그 일당들을 반역죄로 체포한다!”

카이사로 곁에 서 있던 피말리오 장군이 명령을 내리자 원로원 의원의 옷을 입고 잠복해 있었던 피말리오 병사들이 사방에서 쏟아져 나와 우알라카노, 느끼리우스, 아라리우스, 잔비어스 그리고 히딩쿠스를 비롯한 기타 조무래기 일당들을 모두 잡아들였다.

“분명 이 두, 두 손으로 너의 가슴을 찔렀는데……. 어떻게 이럴 수가 있지?”

“궁금한가? 그렇다면 그 해답을 알려주지. 바로 저기 저

빈손이가 있었기 때문이지."

빈손이가 겸연쩍은 듯 몇 개 안 남은 머리카락을 꼼지락거리며 만지고 있었다.

"신의 불을 구하고 돌아오던 길에 노빈손이 나에게 비둘기를 통해 자신이 생각해낸 계획을 알려주었지."

"비둘기는 옛날부터 멀리 떨어져 있는 사람과 의사소통을 할 때 많이 이용했던 새잖아요."

빈손이 자랑스럽게 말했다.

"그래서 나는 빈손이 가르쳐 준 대로 이렇게 토가 안에 갑옷을 입고 있었고 그 덕분에 살 수가 있었던 거지."

"그, 그렇다면 칼을 맞았을 때 흘렸던 피는?"

"아. 그건 제가 분장할 때 쓰던 방법을 알려드렸죠. 헤헤."

목쉬네가 씽긋 웃어 보였다.

"으, 저런 애송이들한테 이 천하의 우얄라카노가 당할 줄이야. 분통하도다."

"자, 저들을 모두 지하 감방으로 끌고 가라. 내일 시민들 앞에서 공개 처형할 것이니라."

카이사로의 명령을 받은 병사들이 우얄라카노와 그 일당을 끌고 나가자 반역자들이 거세게 몸부림을 쳤다.

로마제국의 멸망
284년. 격렬한 내전을 잇달아 겪은 후 이 광대한 제국은 여러 지역으로 나눠지기 시작했어. 100년 후 제국의 서쪽은 사나운 전사들의 공격을 받아서 서 로마제국은 476년에 멸망했고, 동 로마제국은 1453년까지 계속 남아 있다가 사라졌지.

그리스·로마 신화?
그리스 신화? 로마 신화?!

로마, 속속들이 헤집고 다니기

신화는 이 세상에 존재하는 것들이 어떻게 생겨났는가를 이야기하고 있어. 그래서 신화를 자세히 들여다보면 옛날 사람들이 우주, 인간, 동식물, 자연현상 등에 대해 어떤 생각들을 가지고 있었는지 알아볼 수 있기도 해. 로마 신화는 그리스 신화에 많은 영향을 받았어. 고대 로마 고유의 신화는 형태를 갖추지 못한 영적인 부분들이 많았는데, 그리스 신화를 받아들이면서 인간의 모습과 성격을 가진 구체적인 신들로 변하게 된 거야. 그래서 그리스 신들와 로마 신들은 이름만 다를 뿐, 거의 비슷한 모습을 하고 있게 된 거지. 하지만 그리스 신화는 이집트와 동방의 신화에 영향을 받았으니 세계의 신화는 어느 것 하나 따로 떼어놓고 볼 수 없는 셈이야.

그럼 여기서 그리스 로마 신화 속에 등장하는 대표적인 신들을 한번 만나볼까?

유피테르(제우스) 〉 하늘과 땅을 통틀어 최고 권력자. 신과 인간의 지배자. 독수리를 좋아함.

특징 구름, 비, 천둥, 번개 등 모든 자연 변화를 주관함. 천하의 바람둥이로 묘사되며, 수많은 요

정들과 여신들을 유혹해 많은 자식들을 낳았음. 질서를 어지럽히는 자를 호되게 벌함. 지팡이로 내려치면 하늘과 땅이 쑥대밭으로 변함.

유노(헤라) 〉 결혼·출산·가사의 여신, 상징물은 공작새.
특징 유피테르의 누이이자 아내. 여신 중 최고의 여신. 범접할 수 없는 아름다움을 지녔음. 제우스의 바람기에 속이 까맣게 타 질투의 여신이라고도 불림. 가정의 평화를 파괴하는 행동을 처절하게 응징함.

넵투누스(포세이돈) 〉 바다·물·지진의 신, 유피테르 다음가는 권력자. 넘버 투.
특징 말을 창조하여 부업으로 경마의 수호신 역할을 하고 있음. 단순·과격·난폭한 성격. 삼지창은 그의 힘의 원천.

미네르바(아테나) 〉 지혜의 여신이자 전쟁·평화의 여신.
특징 유피테르의 머리 속에서 완전 무장한 채로 태어난 여장군. 올빼미를 좋아하며 그녀의 방패에 메두사의 머리가 붙어 있어 보는 사람은 모두 돌로 변함.

디아나(아르테미스) 〉 달의 여신·사냥의 여신·출산의 여신.
특징 많은 요정들과 함께 산과 들로 뛰어 다니며 사냥하는

것이 그녀의 취미. 백발백중의 궁술을 자랑하며 목욕하는
모습을 훔쳐보는 사람은 용서하지 않음.

메르쿠리우스(헤르메스) 〉 신의 전령, 상업의 신.

특징 유피테르의 전령. 날개 달린 모자와 날개 달린 신발, 모
습을 감추는 투구, 두 마리 뱀으로 장식된 지팡이 등 최첨단
성능을 자랑하는 패션 소품의 소유자.
길과 여행자를 지키고 도둑과 나그네의
신이기도 함. 태어난 지 얼마 안 돼 소를
잡아서 하프를 만들어 여러 신들을
놀라게 함.

바코스(디오니소스) 〉 술의 신, 포도주의 신.

특징 유피테르의 넓적다리에서 태어남. 포도 재배법과 포도
주 담그는 법을 널리 전파했음. 죽었다 살아난 적이 있어 죽
음에서 부활한 신, 생명력의 신, 잔인함과 즐거움이 공존하
는 쾌락의 신으로 불림.

풀루톤(하데스) 〉 저승의 신, 죽은 자의 신.

특징 지하세계를 다스리지만 알고 보면 부드러운 신. 케르베
로스는 그의 애완견.

에필로그

안녕, 로마여!

와와!

로마 시민들의 환호 속에 다시 베스타 신전에 불이 타올랐다.

고집피나는 우얄라카노와 원로원 의원들의 음모를 모든 사람들 앞에서 폭로했고, 베스타 신전의 신녀 시치미나도 신의 불을 꺼뜨린 것은 원로원 사람들이 시켜서였다고 시인했다. 피말리오 장군은 원로원 의원들의 음모를 막는 데 세운 공로가 인정되어 대 로마제국의 총사령관으로 임명되었다.

언제나 그렇듯 이별은 늘 쉽지 않다.

조금 있으면 세 여신이 빈손을 돌려보내주기로 약속한 시간이었다. 카이사로, 고집피나, 아낄레우스 그리고 피말리오와 시치미나까지 떠나는 목쉬네와 노빈손을 배웅하기 위해 모여 들었다.

"잘 가게나. 자네가 아니었더라면 이 로마는 원로원 의원들의 횡포로 멸망했을걸세. 감사의 뜻으로 이 월계관을 받아주게."

카이사로가 애지중지하던 월계관을 벗어 빈손의 머리에 씌워 주었다.

"정말 잘 어울리는군. 나 때문에 고생 많았지? 이젠 다 잊어버리고 좋은 추억만 가지고 가게나."

"아, 장군님. 아니지. 총사령관님이라고 불러드려야죠?"

납은 중독이 되면 인체에 쌓여 건강에 악영향을 미치거든. 한데 로마인들은 그것도 모른 채 상수도관을 납으로 사용하고 탄산납이 함유된 물을 마시고, 술에도 방부제로 납을 넣었대. 게다가 귀족들은 식기나 화장품을 납으로 만들었대. 결국 납중독에 의해 로마의 귀족 계층의 출생률이 낮아지고 저능아의 출생이 많아져서 멸망으로 이어졌다는 거야. 물론 가설일 뿐이야.

빈손이 피말리오 장군에게 한쪽 눈을 찡긋거렸다.

"빈손아, 잘 가. 우리 결혼식에 네가 꼭 참석해 주었으면 했는데……."

"오잉? 아저씨 결혼하세요? 누, 누구랑요."

"누구긴 고집피나지."

사랑스런 눈길로 고집피나를 바라보자 부끄러운 듯 고집피나가 몸을 비비꼬았다.

"하여튼 아저씬, 못 말린다니까요. 어쨌든 축하드려요. 고집피나, 너도 행복한 결혼 생활해야 해. 자 그럼, 목쉬네 가자. 더 늦었다간 약속 시간을 놓치겠어."

노빈손의 말에 목쉬네는 최근에 보기 힘든 가장 진지한 표정으로 말했다.

"나 오래 생각해 봤는데. 아무래도 이곳에 남아야 할 거 같아."

"뭐라고?"

원래의 시대로 돌려보내주겠다는 신들의 제안을 거절하다니……. 목쉬네가 너무 고생을 해서 머리가 어떻게 된 것이 아닐까?

"그, 그게 무슨 소리야?"

"이곳은 나의 천재적인 음악성을 인정해 주는 곳이야. 이런 수준 높은 곳에서 나의 예술 혼을 깡그리 불사르고 싶어. 그리고 여기에 있으면 더 이상 외롭지도 않을 거고……."

목쉬네의 얼굴에 행복한 미소가 그려졌다.

그의 곁에는 어느새 목쉬네의 뮤즈(음악의 여신) 시치미나가 다정하게 손을 잡고 있었다.

"좋아. 네 뜻이 정 그렇다면. 하지만 후회하지 않을 자신 있어?"

"후후! 행복한 예술가의 사전에는 후회란 단어는 없다고."

두 사람의 우정어린 깊은 포옹이 이어졌다.

그때였다. 침발라가 자신도 데려가 달라며 저만치서 빈손의 이름을 부르며 달려오고 있었다. 동물적인 감각으로 노빈손은 재빨리 세 여신이 마련해 준 시간의 터널로 뛰어들었다.

'미안, 침발라. 난 말숙이 한 사람으로 충분하거든……'

몸의 세포 하나하나가 떨어져 나가 어딘가를 향해 이끌려 가는 듯했다.

잠시 후,

"야호, 돌아왔다."

만세를 부르는 그의 모습을 관광객들이 놀란 표정으로 돌아보고 있었다.

'왜들 저러지? 하긴 내가 과거에 있으나 현재에 있으나 눈에 확 띄는 미남이긴 하지.'

노빈손은 어깨를 으쓱하며 사람들에게 승리의 V자와 함께 미소를 보냈다. 그는 새삼스레 콜로세움의 기둥을 손으로 쓸어보았다. 자신이 바로 이 광장에서 사자와 레슬링을 하고 로마 시민들의 환호를 한 몸에 받았었다는 걸 사람들은 믿어줄라나?

로마제국의 후예, 이탈리아

피자와 파스타의 나라 이탈리아. 세계에서 가장 풍부한 문화유산을 가진 나라로. 표현의 자유와 검열 금지가 법적으로 보장되어 있어서, 일간 신문이 80여 개나 되는 등 세계에서 가장 많은 방송국과 정기간행물을 갖는 나라야. 그러나 국민의 98% 정도가 카톨릭으로 자유분방해 보이는 것과 달리 강한 보수성을 가지고 있어.

석양을 등지고 멀어져 가던 고대 로마 친구들의 긴 그림자가 그의 마음속에까지 길게 드리워지는 것만 같았다.

이게 노빈손 여행의 끝이냐고? 천만에, 이제 다시 새로운 모험의 시작이지. 알면서~.

파란만장한 로마의 역사 속으로

로마, 속속들이 헤집고 다니기

처음에 로마는 이탈리아의 조그만 언덕 위에 세워진 몇 개
의 마을에서 시작되었어. 하지만, 로마제국은 정복 정책으
로 끊임없이 영토를 확장시켜 2세기 트라야누스 황제 때는
유럽을 가로질러 아프리카와 아시아에 이르는 방대한 제국
의 중심이 되었지.
조그만 부락에서 대제국이 되기까지, 그 파란만장했던 로마
역사를 살펴볼까?

221

왕정 시대(기원전 550 ~ 기원전 509년)

에트루리아 왕들이 로마를 지배한 시기로 로마는 이때부터 도시의 면모를 갖춰 나갔다.

돌로 성벽을 쌓고 '포룸'이라는 광장, 하수도, 그리고 유피테르 신전을 건설했다.

공화정 시대(기원전 509 ~ 기원전 27년)

라틴 민족은 에트루리아 인들을 몰아내고 공화정을 수립했다. 왕 대신 시민들이 행정관을 선출하는 민회와 원로원 의원들이 권력을 행사하게 되었다. 이웃 민족들과 맞서고 피비린내 나는 수많은 전쟁을 치르면서 영토를 넓혀갔다. 이탈리아 전 지역뿐만 아니라 에스파냐, 갈리아, 마케도니아까지 지배했다.

제국 시대(기원전 27년 ~ 서기 476년)

옥타비아누스가 로마제국 최초의 황제가 된다. 로마제국의 정복 사업은 계속되었지만 이민족들이 끊임없이 제국의 통일을 위협했다. 서기 476년 서 로마제국의 멸망, 동 로마제국은 15세기까지 지속되었다.

시대	연도	내용
왕정시대	기원전 700 600 500	753년 전설에 의하면 로마의 왕, 로물루스에 의해 로마 건국 616년~509년경 에트루리아 왕, 로마를 지배 600년경 라틴어가 요즘 쓰이는 것과 같은 문자로 처음 쓰여짐 509년 최후의 에트루리아 왕을 쫓아내고 공화국을 확립 　　　　유피테르 신전 완성
공화정 시대	400 300 200 100	494년 평민층의 권리를 보호하기 위해 호민관 제도가 생겨남. 최초 시민 총파업 449년 12표법 공표 380년 침입을 대비해 로마를 보호하려고 세르비우스 성벽을 세움 312년 로마에서 첫 번째 큰길 아피아 도로를 세우기 시작 　　　　첫 번째 수도교인 아쿠아 아피아를 만듦 268년 최초의 로마 주화 주조 264년 검투사에 대한 첫 기록 264년~241년 로마와 카르타고 사이에 1차 포에니 전쟁 발발, 로마 승리 218년~201년 2차 포에니 전쟁, 한니발이 알프스를 넘어 침입했으나 로마 승리로 끝남 149년~146년 3차 포에니 전쟁, 로마군 카르타고를 포위. 나중에 이를 파괴 133~122년 그라쿠스 형제의 토지 개혁 60년 폼페이우스, 카이사르, 크라수스에 의한 3두 정치 출현 55년 로마 최초의 돌로 지은 극장인 폼페이 극장 완성 49~48년 내란이 일어나 카이사르가 폼페이우스를 격파 48년 카이사르, 이집트에서 클레오파트라를 만남 46년 카이사르, 10년 독재관이 됨 44년 카이사르가 원로원에서 살해 당함 29년 이집트가 로마제국의 일부가 됨 27년 로마의 첫 황제 옥타비아누스가 됨. 아그리파에 의해 판테온 건설
제정 초기	기원후 100 200	4년경 그리스도 탄생 37년 칼리굴라, 황제 됨 14년 아우구스투스 사망, 티베리우스 황제가 됨 64년 로마에 큰 불이 나다. 네로, 방화죄를 기독교도에게 씌워 박해 79년 베수비오 화산 폭발, 폼페이와 헤르쿨라네움이 매몰 161년 마르쿠스 아우렐리우스, 황제가 됨 212년 로마 시민권이 로마 속주의 전 자유민에게 부여됨 212년~216년 칼리굴라 욕탕이 만들어짐(1,600명 수용) 252년 로마 유럽, 속주. 고트인의 침략을 받음
제정 후기	300 400	313년 콘스탄티누스 공인, 콘스탄티노플을 제국의 새 수도로 정함 315년 콘스탄티누스 개선문 건립 395년 로마제국이 동부와 서부로 나뉨 410년 게르만족 일파인 서 고트족이 로마제국 침입, 약탈 451년 동방의 훈족이 로마 침입 455년 게르만족의 일파인 반달족 로마 침입 476년 서 로마 최후의 황제를 폐함 1453년 비잔틴 제국의 수도 콘스탄티노플이 투르크의 공격으로 함락. 로마제국 완전히 멸망